徳間文庫

公共考査機構

かんべむさし

徳間書店

目次

再刊にあたって作者より

　この作品は、１９７９年（昭和五十四年）７月に初刊されたものです。そして、当時の日本の社会や世界の状況を背景にして書きましたので、現在とは異なった名称、世相、事実などが、少なからず出てきます。

　たとえば、職安は公共職業安定所の略で、現在のハローワークのことですし、国鉄は日本国有鉄道の略称で、いまのＪＲ。電電公社は日本電信電話公社で、現在のＮＴＴです。同じく防衛庁は防衛省になり、郵政は民営化されて、通産省という省もなくなりました。

　ソ連というのはソビエト連邦のことですが、後年この体制は崩壊し、ロシア以下、複数の国家になりました。しかし当時のソ連は、アメリカに対抗する超大国として、第二次大戦後の「冷戦」状況を継続させていたのです。

　また、主人公以下の登場人物が、会社や自宅でしきりに煙草を吸っており、いまの読者には異様な印象を与えるかもしれません。しかし当時は、それが普通だったのです。

そして何よりも異なっているのは、業務や研究用のコンピューターは使われだしていましたが、家庭用あるいは個人用としてのパソコンは、まだ市場に出ていなかったという事実です。まして、インターネットやスマートホンなど、影も形もありませんでした。作品中に和文タイプライターが出てくるのは、ワープロさえまだなかった証拠です。

そんなわけですから、この長編における、「番組出演者の意見に対して、視聴者側のモニターが、プッシュホンで賛否の投票をする」という仕組みは、この時代においては、それが最先端の技術だったための設定なのです。

再刊にあたって、いまの読者にわかりやすいように、たとえば国鉄をJRに変更しようかとも思いましたが、それをすると連鎖的に、次から次へと変更が必要になってきます。おまけに、当時の時代特性と合わなくなったり、話に矛盾が出てきたりもしますので、原型のままお読みいただこうと考えました。ですから読者の皆様には、個々の差異や変化例にはこだわらず、ストーリーの骨格をお読み取りいただければ幸いです。実際それは、現在も変化していないはずですから。

以上、ひさしぶりに読み返し、現在との差異に自分自身が驚きつつ、お願いまで。

aそしてb

4＝a

「行ってくるわ、あなた」

加代子(かよこ)が靴を履き、ドアのノブに手をかけて言った。

「ああ、気をつけてな」

パジャマ姿のままキッチンのテーブルにむかっていた日高(ひだか)はこたえ、読みかけの朝刊の求人欄を指さした。

「僕も、あと三十分もすれば出かけるよ」

「いいところがあるの？」

ノブから手を離し、コートの袖をちょっとまくって腕時計を見ながら加代子が聞く。

「うん、倉庫の出荷検品係なんだけどな、長期アルバイトも可、年齢経験不問なんだ。こういうところならば、いちいち……」

「そうね」

ほっと息をついて彼女はつぶやいた。

「いちいち、調べたり問い合わせたりはしないでしょうね」

「今日はここへ行ってみて、あさっては職安の出頭日だ、まあ、もうそろそろ何とかなると思うよ」

日高は加代子を安心させるように、あるいは自分自身を納得させようとするように、同じ言葉を繰り返した。

「もう、そろそろ、何とかなるよ」

「時間がない、行ってくるわ」

重くなりかけた雰囲気を感じたのか、加代子はわざと陽気な声をだした。

「今日からバーゲンなの。店が開く前からお客さんたち並んでるだろうから、遅刻すると大変なのよね」

ドアをあけ、ふりむいて言った。

「出るとき、ストーブちゃんと消すのよ」

日高はこたえ、そして言った。

「すまんな、いろいろと」

「何を言ってるの」

加代子は一瞬泣きそうな顔になり、ついで少し乱暴な口調をつくって言った。

「いまさらゴメンなんて言ったら、今度こそ私、本気で怒っちゃうわよ」

「………」

強くなったな。日高は思い、立ちあがってうなずいた。

「行っといで、気をつけて」

「あなたもね」

加代子が外に出て、冷たい風がさっと入ってきたのち、ドアが閉まった。

「一月も、もう終りだな」

日高はつぶやき、奥の六畳へと入った。

「大変な正月だった」

着換えをしながら考えた。

「しかし、こんなことがいつまでも続くはずがない。今年の年末には、来年の正月には」

ネクタイを結び、上着を着て鏡を見た。

「何とか元に戻っているはずだよな」

自分自身に語りかけ、襟元のボタン穴をさわってニヤリと笑った。

「まあ、ここにバッジはつかないかもしれないが……」

コートを着てキッチンに戻り、石油ストーブを消した。

「辻もがんばってるんだ」

彼はテーブルの上の朝刊を取り、折り畳みながらつぶやいた。

「俺だって、負けてたまるか」

そして玄関へ行って靴を履き、もう一度2LDKの室内を見まわしてから、ドアをあけて外に出た。ロックを確かめて顔をあげる。

吹きぬけになっている高層住宅七階の廊下は、冷たい風も自由に通り抜けていく。

「負けてたまるか」

日高はもう一度思い、その風のなかを、胸を張ってエレベーターへと歩きだした。

「出演」してから約一カ月後の、ある朝のことである――

4＝b

「行ってくるよ」

日高は靴を履き、二日酔いでふらつく身体を下駄箱にのばした左手でささえて言った。

「行ってらっしゃい」

キッチンのテーブルにつき、小さな声で加代子がこたえる。

「…………」

ノブに右手をかけ、日高はどろりとした眼でその姿を見て、しばらくじっとしていた。

「ごめんなさい……」

気づいて加代子がつぶやいた。

「……何がだ」

「何がって……」

加代子は顔を伏せ、唇を嚙んだ。

「もういい、何度も言うな」

ノブから手を離し、日高は上り口にゆっくりと腰をおろした。頭をかかえ、うめくように言った。

「水をくれ……」

「大丈夫？」

加代子が立ちあがり、あわてたようにコップに水を入れて持ってきた。

「ねえ、本当に大丈夫？　何も食べないのが、かえって悪いんじゃないの」

日高は無言のまま水をごくごくと飲み、ふうっと大きなため息をついてつぶやいた。

「酒臭いか。俺は、酒臭いか？」

「……」

空のコップを持ったまま加代子はこたえない。しゃがみこんで、日高のコートを着た背中をさすり始めた。

「臭いだろうな。毎晩毎晩、飲みつづけているんだからな」

「……」

「仕事は適当に片づけて、あとは飲んでばかりいるんだものな」

「そんなこと言わないで」

加代子が涙声を出し、日高はふんと鼻を鳴らした。

「俺はいいかげんな男だ。まったく、自分であきれて笑いたくなるほど、いいかげんな男だ。なあ、そうだろう。そう思うだろう」

「ごめんなさい」

さする手を止め、加代子は泣きだして言った。

「私があんなこと言わなければ。でも、あなたがこんなになってしまうなんて思いもしなかったから。私、その場さえやり過ごせば、また元のあなたに戻ってくれると思って」

「もういいと言っただろう」

日高はどなり、よろよろと立ちあがった。

「ああしようと決めたのは俺だ。俺が決めて、俺がいまその報いを受けている。当然のことだ。別に不思議はない」

ドアのノブをつかみ、それをまわして彼は言った。

「行ってくる。極東ハウジング営業促進部の普及課へ、いまから出社だ」

冷たい風が吹く高層住宅七階の吹きぬけ廊下に出、日高はニッと笑った。

「小山君たちと仕事をしてきます」

「…………」

涙のいっぱいたまった眼で見つめる加代子にちょっと手をあげてみせ、ドアを閉めた。

「仕事をしてきます……」

つぶやいて、のろのろと歩きだした。

「同僚の小山君たちと、仕事をしてきます……」

風のなかを首をすくめ、背をまるめて日高は歩き、エレベーターの前に立った。

「ふん」

ボタンを押して壁にもたれかかった。

「辻さん、あんた年賀状もくれなかったし、いつ電話しても切ってしまうんだね……」

コートの袖で眼尻をおさえ、日高はもう一度、ふうっと大きなため息をついた。

「ねえ、辻さん。あんた、俺のことなんか、もう忘れようとしてるのかい……」

ランプが点滅し、ドアが開いた。

「それはそれで、仕方がないけどね」

握り拳で両眼をこすり、日高はエレベーターに乗った。側壁に上体をあずけ、同じことを繰り返してつぶやいた。

「それはそれで……仕方がないけどね……」

彼一人しか乗っていない降下するエレベーターのなかで、日高は叫んでいた。

「ええいくそっ、今日も仕事か！」

「出演」してから約一カ月後の、ある朝のことである――

第一章　疑惑

1

取引先でのうちあわせを終え、自分の社が入っている都心のビルに戻ると、エレベーターホール正面の大時計が、十二時半少し過ぎを示していた。

「飯を食うか」

日高は思い、エレベーターには乗らず、クラフトの事務封筒を持ったまま、右手案内カウンター横の階段を地下二階まで降りた。

喫茶店・書店・文具店などが両側に並ぶ天井の高い通路を歩き、左側奥の食堂に入った。

多分数千人はいるだろうと思われるこのオフィスビル内のサラリーマンとＯＬ、そして周辺ビルで働くさらに何千人かの男女を対象客とした、セルフサービス形式の巨大な食堂である。広さは地下二階平面積の四分の一に及び、入った右手にチケット売場、以下同じ壁面に、トレイと食器を用意する棚、飯と味噌汁、各種の副食物を受けとるカウンターなどが奥にむかってつづいている。

それ以外のスペースは、すべて等間隔に固定された長いテーブルと椅子の列なのである。いまはちょうどラッシュ時なのでそのほとんどがうまっており、むかいあわせ二列、または背中あわせ二列になった男や女たちが、さらに全体で十数列を作って食事をとっている。

食器の触れあう音や話し声が連合して雑音となり、ワーンと天井に反響している。ときどき鋭い音が響くのは、食べ終えた者がトレイや食器を、要所に設けられた返却棚に乱暴に置くからだ。

「………」

チケット売場の横に立ってその様子を見つめ、受けとりカウンターの人の列、チケット購入に並ぶ人数などを観察して、日高は「大丈夫」と判断し、自分も購入客の列についた。

「まあ、待たずに坐（すわ）れるだろう」

思いながら壁のメニューパネルを見あげ、Bランチにしようと決めた。

前から一人ずつ順に、停滞することなくチケットが売られ、列が進んでいく。

「養鶏場の逆だな」

ひと足ずつ前進して、日高は思った。

「養鶏場では、じっとしている前を餌箱がゆっくり通過していく。こっちは、餌がじっとしていて、俺たちが流れていくんだからな」

まったくの流れ作業によって、昼食は実質十数分間でとり終えることができるのだった。いまはまだいいが、ピーク時にぶつかると、その十数分間のために倍以上の時間を待たなければならないこともある。

「俺たちも鶏だな。それも世話のやけない、実に従順な」

日高は苦笑し、チケットを買って、期待されているとおりの行動に移った。アルマイトのトレイを取り、ナイフとフォークをその隅に置いて主食カウンターへ移る。チケットを示して西洋皿に盛られたライスを受けとり、副食カウンターで魚フライとマカロニサラダの盛り合わせを貰ってチケットを渡す。

それから隅の飲料水コーナーでプラスチックのコップに水を入れ、こぼさないようにトレイを水平に持ってテーブルへと移るのである。それがこの食堂において期待され要求される秩序というものなのだ。

「さて、どこが空いてるかな」

事務封筒を脇にはさみ、テーブルに近づいてあたりを見まわしたとき、日高は少し離れたところで同僚の小山が和定食を食べているのに気がついた。そしてそのむかいに坐っていたOLは、ちょうど食べ終えたところらしく、トレイを持って立ちあがりかけている。

「あそこへ行こうか」

一瞬そう考えたが、彼はすぐ思いなおした。

「昼飯くらい、一人で食べよう」

席を立ったOLと同じ列のもう少しむこうでも、男が一人立ちあがっている。

「うん、あそこにしよう」

そろそろと歩きだし、背中の列の中をすりぬけていく。そのとき声がかかった。

「日高、ここ空いてるぞ」

たまたま顔をあげた小山が、箸の先でむかいの席を示しているのだった。

「ああ、うん」

日高は瞬間で笑顔をつくり、小山の前にトレイを置いた。腰をおろし、事務封筒を膝の上に置く。

「そう思って、来たんだ」

言ってから、自分で自分の言葉が不愉快に思えて、彼は話題を飛躍させた。

「ここに坐ってたＯＬ、ちょっとした女だったな」

「ああ」

小山はニヤッと笑い、焼魚をほぐす手を止めて日高を見た。

「三階の旅行代理店の女だ。今年入ったばかりだから、まだ社会人半年目だな」

「詳しいな」

ナイフとフォークを取りながら言うと、丼飯をかきこんでこたえた。

「俺は独身だからな、あらゆる所に網を張ってチャンスを待つ。おまえにつづくつもりなんだ、社内ならぬビル内結婚」

「ふむ」

あいまいに笑って、日高は食べ始めた。

「嫁さんは元気か」

「まあね」

「もうそろそろ落着いただろう」

「ああ」

小山の問いにきわめて簡単に、しかしぶっきら棒にはならないようにこたえて、食べつづけた。しばらくは互いに手と口だけが動く。

「一度、招待をしてくれよ」

食べ終えた小山が、茶を飲みながら言った。

「えっ、ああ」

日高は顔をあげ、相手が半分以上本気で言っていることに気づいて、つけくわえた。

「そのうちに招待するよ」

「そのうちなんて言わずに、新婚のうちに呼んでくれ。加代ちゃんの新妻姿、ぜひとも見たいからな」

「うん」

食事に戻った日高をじっと見つめ、小山は湯呑み茶碗を置いて言った。

「別に、何かもめてるわけでもないんだろ」

「えっ」

ナイフの動きを止め、日高は小山の顔をみた。ニヤニヤ笑いをうかべ、そのくせ探るような眼(め)で彼を見つめつづけている。

「もめてるって、どうして?」

少しオーバーに問い返すと、ふっとその視線をそらして言った。

「いや、会社の誰も呼んでないらしいからな。新婚二カ月で早くももめてるんじゃないかって噂もあるからよ」

「関係ないよ」

日高は笑顔をつくってこたえた。

「しばらくバタバタしてたし、嫁さんの友達とか僕の学生時代の仲間なんかが押しかけてくるから、まだ機会がないんだよ。別に何もトラブルは発生してないぜ」

「ふん、そうか」

小山は拍子ぬけしたようにうなずき、それから表情を突然真剣なものにしてささやいた。

「トラブルで思い出したけど、例の女の一件、嫁さんには喋(しゃべ)ってないだろうな」

「………」

口に入れかけたフライを皿に戻し、日高がえっという顔をすると、小山はチラッチラッと周囲を見て、顔をつきだしてきた。

「ほら、嫁さんと一緒の会社にいたあの女の一件だよ。喋ってないだろうな、おい」

「ああ、あれか」

日高は少し不快気にこたえた。

「喋ってないよ、安心しろ」

「そうか、すまん」

小山はほっとしたように顔を引き、ニタニタと笑った。整った顔だちが、かえっていやらしく見える。

「まあ、別に何ということもないけどな、あの時点では両性の合意ってやつが成立してたんだから。刑事責任なんて無いんだもんな」

「………」

他人事のように言ってから、しかしやはり心配ではあるのだろう、もう一度顔を近づけてきた。

「だけど言わんでくれよ。仲間を売るような真似はしないでくれよ」

仲間か――と日高は思った。俺がおまえの仲間とはね。女を甘いベタベタの言葉で騙して、頂くものは頂いて、おまけに競馬競輪競艇の資金を何かと理由をつけてふんだくって、それで後は知らん顔で放ったらかしておく、そんなおまえが俺を仲間と呼ぶとはね――

「何をそんなにびくついている」

理由はわかっているのだが、本人の口から言わせてやりたくなって、日高は聞いた。

「その女はとうに会社を辞めて田舎に帰ったんだろう。しかも、二年以上も前の話だろう。僕は別に誰に言ったりもしないけど、何をそんなに」

「いや、まあ、何かとな」

そして日高は現在、システム家具のニュータイプ発売を機に、取扱い全商品の総合展示会をひらく仕事をうけもち、進めている。

東京と名古屋と大阪と、それから九州福岡で開催し、一般へのＰＲとともに、地元代理店や工務店とのパイプをより強力なものにしようという狙いなのである。

「君もそろそろ中堅社員だな」

席に戻り、書類をひとまとめにしながら下野が言った。

「そうでしょうか」

「そうとも、これくらいの仕事をやれれば立派なものだ。君、何年度入社だったたっけ」

「五十四年度です」

「ふむ、とするとまだ六年と少しだな」

「ええ、工場に二年いてここで四年ですから」

「工場か」

下野はつぶやき、思い出す眼をして、ひとりごとのように言った。

「あそこは何もない所だったなあ」

下野も、日高と同じ中部工場に配属されていたのだという。ただし、彼が入社するよりひと昔も前のことだ。

「田んぼばっかりでなあ。街へ出るのに車で四十分もかかったし」

「僕が行った頃には、正門前に飲み屋ができてましたけどね」

「らしいなあ」

ドアがノックされ、喫茶店の女の子がコーヒーを銀盆に乗せて入ってきた。

「まったく、あっという間に変ってしまうんだよなあ。いまじゃ、近くに団地が建ち始めてるっていうからな」

ポケットから黒い小銭入れを出し、金を払いながら下野はつづけた。

「ま、変るのが当然だけどな。僕も来年でもう四十だからな」

小柄な下野はほっと息を吐き、砂糖の紙袋を細い指先で破って、砂時計の砂のようにカップに落とし始めた。

「課長は」

日高はその手元を見てふと思いついたことを質問した。

「酒はあまりお飲みにならないんですか」

「ああ、いや」

下野はミルクを入れて、こたえた。

「飲まないことはない。家では晩酌をやってるよ。テレビなんか見ながらな」

「お子さんと一緒にですか」

「うん、上のやつはもう六年生だからあれだけど、下のチビが僕のお酌番でな」

嬉しそうに笑ってから、日高の顔を見た。

「君も早く子供をつくれ。かわいいものだぞ」

「え、ええ、まあ努力はしてますがね」

「努力か……」

カップを口に運び、下野は妙にしんみりとした口調になった。

「若いうちに努力しておくものだよ。僕くらいの年になると、努力は努力でも、守りの努力になってしまう」

話が仕事のことに戻っているのに気づき、日高は黙ってコーヒーを飲んだ。

「来年四十で、子供が二人いて、下のチビは女でとなるとな、どうしてもそうなってしまう。先が見えてくるからなあ」

「でも、副部長から部長へという」

「いやいや、それは無理だな」

下野は、むしろ淡々とした調子でこたえた。

「僕は無理だ。仕事は一応できるつもりではいるけど、迫力がないからな。つまり、気が弱いからな。たとえば部長は、多分、部長というポストが中間点だろうけど、僕はよほどうまくいって、それが最終地点だな。それも、庶務か、あるいは厚生あたりのな」

「まあ、うちの部長は特別の強気人間ですから」

日高の言葉にあいまいに笑い、下野は言った。

「何にしても、世間を見わたせばこれすべてサラリーマンなんだからな。その無数のひしめきあいのなかから限られた場所へとのぼれるのは、万にひとつの機会と思うのが正解だろう。僕は無理だな」

「………」

「また、それほどのぼりたいとも思わないしな」

重くなりそうに思い、日高は話題を変えようとした。

「課長、趣味は切手集めでしたっけ」

「え、ああ、うん」

下野はカップを置き、にこにこと笑った。

「こないだ、また新しいのが出ましたね」

「ああ、放送開始六十周年記念だな。あれは女房に買いにいかせて、十シート手に入れた。あちこちの郵便局をまわらせてな」

「ポルノ解禁一周年というのは出ませんかね」

「うふっ」

下野は笑い、上体を椅子の背もたれに反りかえらせた。彼にしては珍しいポーズである。

「そんなの、図案に困るだろう」

「畳紙(たとう)入りのやつにするんですよ」

下野が解放感にひたっていることを知り、日高は冗談を言った。

「複雑な折り方をした畳紙(たとう)でね、何重にも封がしてあるんです。それを順にめくっていくと」

「ヌードが出るのか」

「いえ、墨ベタで隠したやつが出るんです」

「あはははは」

心底愉快そうに笑い、頭の後に両手を組んで下野は言った。

「それにしても、畳紙(たとう)なんて専門用語をよく知ってるな」

「ええ、まあ、それくらいはね」

「集めてたのかい」

「ちょっとだけ、子供の頃にですけどね」

「で、やめたのか」

残念そうに言う下野に、日高は笑ってこたえた。

「あきっぽいんですよ、僕は。ポルノだってすぐあきましたし」

「切手とそれと一緒にするなよ」

苦笑してから、下野は笑いを消して言った。

「なあ」

「何です」

「ポルノ解禁と例の番組との間に何か関係があるって噂、本当だろうかな」

「………」

日高が沈黙して眼をあげると、下野ははっとしたように表情をこわばらせ、頭の後の手を机に戻してあわてたように言った。

「いや、チラッチラッとそういう噂を耳にしたりするもんだからな。別にどうということもないんだけど、ちょっと、その、な」

「………」

部下に対してつい心をひらきすぎてしまった。そう思って後悔し、かつ不安を感じ始めたのだな。正直な人だ――

日高は思い、安心させてあげるのがこの人物に対する思いやりだと考えて言った。

「まあ、関係あるのかもしれませんねえ。もっとも、僕らにはそんな上の内部事情は見当もつきませんけど……」

「う、うん、それはそうだな」

日高の口調から、いまの自分の疑問がこの場限りのものになるであろうことを確認したらしく、下野はほっとしたようにうなずいた。

「上のことだからな。うん、僕らには見当もつかんよな」

書類を封筒に入れながら、日高は言った。

「いつか一度、切手を見せてください」

「え、ああ、いいとも」

下野は立ちあがり、嬉しそうにこたえた。

「酒を飲みながら、解説してやるよ」

「それはありがたい」

笑顔で言いながら、日高は心のなかでは腕を組んで首をかしげていた。

やはり、番組はポルノ解禁とひきかえに開始されたものだったのかな。

疑惑を感じ、彼はひさしぶりに友人に会って飲もうと考えた。飲みながら、あいつに聞いてみよう。そのあたりのからくりをな——

3

大学時代の友人辻。その勤務先である民放テレビ局の報道部に電話をかけてみると、休暇をとっているという返事がかえってきた。

「旅行にでも出かけたのかな」

日高は思い、しかし念のために彼が一人で住んでいるマンションにもかけてみた。

「はい、もしもし」

辻の声がすぐに出た。少し重い口調だった。

「何だ、くすぶってたのか」

遠慮のない言い方に日高だとわかったらしく、彼は声を明るいものにした。

「おお、おまえか。ひさしぶりだな」

「病気か」

「いや、代休をとっただけだ。朝から洗濯をして、レコードを聴いて、俗世間のことを忘れていた。いま頃、馬鹿が働いてやがるんだろうと思いながらな」

「おお、働いてたぞ。今日は午前中だけで一日分の仕事をした」

ふんと辻は鼻を鳴らし、学生の頃と少しも変っていない物の言い方をした。

「そんなことは、何の自慢にもならんのだよ、大将」

「飲まないか」

四時五十分。チラッと壁の時計で時刻を確かめ、日高は本題に入った。

「今日は五時ジャストに会社を出られる。仕事はすませたし、部長が出張中だからな」

「ふむ、飲んでもいいな」

辻はこたえ、受話器のむこうで考えているのだろう、しばらく黙ってから聞いてきた。

「しかし、何でわざわざここまで電話をしてきたんだ。飲む相手なら社内にいくらでもいるだろうが」

「いや、ひさしぶりに議論ごっこをしたくなったんだ」

「なるほど、そうか」

辻は納得したようにこたえ、ならば俺のマンションに来い、俺が都心まで出ていくのは面倒臭いからと言った。

「よし、じゃあウイスキーでも持っていこうか」

日高の言葉に、これまた自分の好みを押しつけてきた。

「酒はあるからいらん。晩飯を食いたいから、デパートかどこかで何か買ってきてくれ」

「わかった、そうしよう」

自分がはやくもうきうきしていることに気づき、日高は大時代な言い方をして電話を切った。

「それでは先生、後刻御高説を」

業務日報を書いて机の上を片づけ、五時二分過ぎには席を立った。

「麻雀しないか」

むかいの席の小山が誘ったが、先約があるんだすまんまた今度とこたえ、そのままオフィスを出た。ビルの外に出ると、あたりはもう薄暗くなっており、少しひやりとしていた。退勤者の列が、近くの国電の駅へとむかっている。

「加代子が飯の仕度をしてるんだな」

ふっとそう思ったが、まあ、辻のマンションから電話を入れればよかろうと考え、駅とは逆の方向に歩きだした。

数区画離れたところにあるデパートに入り、地下食料品売場に降りて、ハム・焼豚・サラダなどを買った。ついでに思いついて、折詰の寿司も二人前買うことにした。

「そうだ、こういうことをするのは三カ月ぶりなんだな」

地上に戻り、辻のマンション付近までは一直線で行ける地下鉄の駅へと速足で歩いて、日高は思った。結婚一カ月前に土曜日曜居つづけで飲んで以来、今日まで辻とは会ってはいなかったのである。勿論、披露宴には呼んだが、そういうのは会うとは言わない。二人が会うと言えるのは、飲んで学生時代の下宿人気分に戻り、誰はばかることなく議論を楽しむときだけなのである。

「ああいう遊びは、とても会社の奴らとはできないからな」

地下鉄の改札を抜け、ホームへの階段を降りながら日高は考えた。

「ただ議論するだけなのにな。そして、あんなおもしろい酒の飲み方はないのにな」

工場から本社に来てすぐの頃、一度同僚の小山たち数人と飲んでいたとき、日高は水をむけてみたことがある。その朝の新聞に載っていた「原子力潜水艦国産計画」について、政府と産業界との見解の相違を衝き、話の材料にしようとしたのである。

だが、それは少しも発展することなく終ってしまった。小山がじろりと彼を見、皮肉っぽく言ったからである。

「あんた、難しい話をするのねえ」

それだけで日高は論を張る気をなくし、以来、同僚たちと飲むときには、まったくあたりさわりのない、それだけに大しておもしろくもない話題でしかつきあわないようにしているのだ。上司の悪口・競馬の予想・女の噂・金の話。そして一年ほど前からはポルノの解禁情報・その映画・雑誌・ショーの見聞談……

「なぜ、みんな議論で遊ばないのかな」

かなり混んでいる地下鉄のなかで、紙袋を胸に抱くようにして立ち、日高は思った。

「別に難しくもないことなのにな。それに第一、みんなそういう話題についての知識は学校で習ってきているはずなのにな」

いまやサラリーマンの五割以上が大学卒なのである。そして日高の所属する部では、男性社員は全員がそれなのだ。

「なのに、どうしてああいう話をすると、煙たがったり皮肉を言ったりするんだろう」

知ったかぶりや我ノミ高シというつもりで言うのではないのにな——

下車駅に着いたので、日高はスポーツ新聞を読んでいる中年男と、週刊誌のグラビアを見ているOLの間をすりぬけてホームに出た。

「無論、ああいうのも話の材料ではあるのだけれど。そして別に嫌いでもないのだけれど」

階段をのぼりながら、つぶやいた。

「それだけというのは、やはりなあ」

外に出て五分ほど歩くと、辻が卒業以来ずっと住みつづけている2Kの賃貸マンションに着いた。商店と住宅とが半々くらいに密集している地区で、裏通りに入ると意外に古い民家が並んでいたりする。通勤時間が短く、かつ地下鉄一本で局へ到達できるところから、彼は六年間ここから動こうとはしないのである。

「先生、御在宅ですか」

地下鉄の中で考えたことはさっぱりと忘れ、日高が上機嫌になってドアをひらくと、すでに辻がテーブルの上にウイスキーや氷や水を用意して待っていた。

「おお、働き馬鹿か。あがれあがれ」

あがって紙袋をわたし、断わりもせずに部屋の隅の電話を取りあげた。

「嫁さんにか」

「うん」

プッシュボタンを押し、加代子が出るのを待つ間に、日高は言った。

「何か、おもしろい話あるか」

「あるある」

辻はラックに突っ込んだ新聞を指さし、ニタニタと笑ってこたえた。

「国際情勢が、ますます君主」

「ああ、俺だ」

片手をあげて辻を制し、日高は加代子に言った。

「辻のマンションに来てるんだ。遅くなるから、何なら先に寝といてくれ。え、カレー、うん、明日食べるよ。何、鍵？ ああ、持ってる持ってる。うん、じゃあな」

受話器を置き、テーブルにむかった。

「さあて、始めますか」

「ふむ。寿司を用意してきたとは、なかなかよろしいな」

男二人のことだから紙袋を乱暴に破ってそのままテーブルの中央に置き、焼豚もサラダも、パックの封を切ったまま皿にも盛らない。

勝手に水割りを作って、日高はネクタイをぐいとゆるめた。大柄な辻は、ジーンズをはき、同じ生地のジャンパーを着ている。

「さっきの話、国際情勢が何だって」

「うん」

濃いめの水割りを作って、辻は言った。

「最近、ますます君主論的になってきた。

あれをときどき読み返しておくと、いかなる国際問題もあらましその行く先がわかってしまう。マキャベリって奴は偉い男だな」

「マキャベリが偉いんじゃなくて、人間が十六世紀以来全然進歩してないんじゃないのか」

「そうとも言えるな。この焼豚、ちょっと筋が多すぎるぞ」

「贅沢言うな、西瓜（すいか）の皮を味噌汁に入れていた男が」

下宿生だった頃に僅（わず）か数分で戻り、日高は心を全面的に解放していった。

「ところで」

さっき電話をとったときの少し重い声を思い出し、質問した。

「何か、おもしろくないことでもあったのか、局で」

「どうして」

「いや、何となくそんな感じがしたからな」

「………」

辻はしばらく黙り、そしてうなずいた。

「実はあった。今日休んだのは、それでムシャクシャしてたからなんだ」

ひとくち飲んで首をかしげ、ボトルを取ってだぶだぶとグラスに注いでいる。

「こないだのビル火災のニュース見たか」

「あの、バーだのスナックだのの雑居ビルの火事か。ホステスが六人死んだという」

「そうだ」

ほとんどストレートになってしまったウイスキーをぐいと飲み、辻は言った。

「あのニュースの扱いで上と喧嘩したんだ」

「珍しいな」

辻は学生の頃から、ほとんど喧嘩口論ということをしない男だった。周囲の政治かぶれ文学かぶれの奴らに議論をふきかけられても、頭から相手にはしなかったのだ。

それが上司とやりあったというのだから、よほど腹立たしいことでもあったのだろう。

「ニュースの扱いって、どういうことだ」

日高が聞くと、辻はこたえた。

「内容だ。見せるべき部分を全面カットしやがった」

ストレートをまたあおった。

「あの翌日、俺は遺体の安置してある寺へ取材に行ったんだ。そしたら、自称夫だの義理の弟だのが部屋にたむろしていた」

「自称とは」

「これさ」

人差し指で右頰に線を引いてみせた。

「そいつらが、部屋の隅にかたまって酒を飲み、大声で馬鹿話をして笑っていた」

「…………」

「ところが、ビルの持主だの管理責任者だのが悔みとわびを言いにやってくると」

辻は、カメラをパンする恰好をした。

「途端にその連中、棺にとりすがって号泣し、責任者につかみかからんばかりに叫ぶのだ。女房を返せ、姉を返してくれえっとな」

「…………」

「俺は局に帰って、そのすべてをオンエアしろと言った。ハイエナの姿を世間に公表しろと迫った。しかし、たむろしているシーンは、みごとにカットされたのだ」

グラスを口に運びながら、辻はニタリと凄味のある笑いをうかべた。

「つまり奴らは、気の毒な被害者の遺族で、悲しみにくれる市民で、防火設備の万全を期さなかった企業経営者に怒りをぶつける、視聴者側に立った人間なのだ。ニュースは、まさしくそうなって流れてしまった」

日高は黙って水割りを飲んだ。辻はいま、本当に珍らしくナマで怒っているのだ。そんな相手に何を言えばいいのか、彼には言葉がうかんではこないのである。

「流せばどうなるかは俺にだってわかる。視聴者は、奴らに対してではなく、俺たち局側に対して怒りをぶつけてきただろう。責任の追及をせず、加害者の肩をもつのかと、抗議の電話が殺到しただろうよ。しかし、それはそれ、これはこれ。あれは流すべきだったんだ」

だが、流してもどうにもならなかったであろうことは、日高にも見当がついた。嘘だとわかっていても、本当に身内なのかと追及するわけにはいかず、たむろして酒を飲むのがけしからんと言うこともできないのだ。言えば彼らはこたえるだろう。

「悲しみを酒と馬鹿話でまぎらせている、この気持が遺族でないあんたにわかるのか」

被害者という名前のまえでは、一切の批判は成立しえないのである。

「そして奴らは視聴者たち、つまり大衆の無言の圧力を援軍にして、責任者側から一万円でも多く金をむしり取ろうとするだろう。バクチかクスリに使ってしまう金をな」

辻は、吐き捨てるように言った。

「その手助けをしたのがあのニュースだ。健全なる大衆の眼が恐くて、真実でもカットするのが、天下のテレビ局の報道部だ」

日高は、昼間会社の会議室で考えたことを思い出し、無駄と知りつつ聞いてみた。

「そういう真実は、テレビ局員としてではなく、一市民として公表できないのか。たとえば、例の公共放送の番組に出るとかして」

「馬鹿な。甘すぎるぞ、おまえは」

　辻は顔を赤くしてこたえた。

「あそこは民放以上に大衆ベッタリの局なんだぞ。しかもそのベッタリは表面だけのもので、実は俺達を十把ひとからげに見下し、意識を操作しようとしているんだぞ」

　彼は日高をじっと見つめて言った。

「第一、あの番組がこんな真実を採りあげると思ってるのか。あれは、俺たち業界内部では、カメガルー・コートと呼ばれているプログラムなんだぞ」

「カメガルー・コート？」

「そうだ。私刑または人民裁判のことをアメリカの俗語でカンガルー・コートという。それをカメラでやるから、カメガルー・コートだ。狡猾きわまりない番組じゃないか」

　舌うちをして、辻は言った。

「くそ、大衆大衆と崇められてその気になりやがって。追い込まれているのがわからんのか」

　やはりそうだったのか。

日高は思い、グラスをテーブルにそっと置いて考えた。

それにしても何のために。そして、いつの間にそんな内容に——

4

「何時頃、帰ってきたの」

パジャマ姿のままテーブルについた日高に、妻の加代子が聞いた。眠そうな眼をして、食パンの袋を破っている。

「うん、二時半くらいだったかな」

「タクシーね」

「ああ」

後頭部に左手をやり、彼は眉をひそめて折り畳んだままの朝刊に右手をのばした。

「二日酔い」

「少しな」

あまり物を言いたくない気分だったので、そのまま新聞をひろげ、第一面から順に見出しだけを眼で追い始めた。

軍縮会議中断・政府教育課程の改革を示唆・経済援助総額大幅修正。

「辻さんて、テレビ局の人でしょ」

サイフォンでコーヒーをいれながら、加代子が言う。

「報道だったら、外国なんかへも行けるのかしらね」

「機会があればな」

「得ねえ。あなたの仕事だと、そんな機会はないんでしょう」

「うん」

上の空でこたえ、二面三面とひらいていった。特に何というニュースも載ってはいない。

「できたわよ」

差し出されたバターつきのトーストを受け取り、機械的に口に運んだ。そしてコーヒーを飲むために、とりあえず新聞は横に置く。

「金曜日か。一週間なんてすぐたつのね」

ちょうど上になったラジオ・テレビ面を見て、加代子が言った。

「うん」

眼を走らせると、ラ・テ面下の全三段を使った銀行の広告が、明日土曜日は相談デーと訴えかけていた。土曜日も午後三時まで営業するようになった都市銀行が、ローンの相談コーナーを開設するということらしい。

「銀行の人も大変ねえ。なかなか週休二日にはしてもらえないのね」

「交替で休んでるのさ。それに普通の預金だの引き出しだのは全部コンピューターだからな、それほど人間も必要じゃない」

「そうか、そういえばそうね。お勤めしてるとき月給は銀行振り込みだったけど、私、通帳使ったことなかったものね」

「ふん」

日高は苦笑した。結婚してから、加代子の持っていた給与振り込み口座の通帳を見せてもらったことがあるのだ。そしてそれは、その時点から約三年前、つまり加代子が短大を卒業した年の四月二十日の日付と振り込み金額だけがパンチされ、以下まったくの空白だったのである。カードだけを財布に入れておいて、通帳は机の奥にしまったまま、彼女は三年弱のOL生活をつづけたのだ。

「この通帳、機械にかけたらおもしろいぜ」

そのとき日高は言ったものだった。

「三年間、いつどれだけ引き出したかが克明にわかる。途中で何十回も、次のページをひらいてください、新しい通帳を入れてくださいって指示されるだろうけどな」

「本当？　三年分全部があ」

加代子は信じられないという顔になり、空白ページを不思議そうに見つめていたのである。

「相手はコンピューターだ。こっちが忘れていても、ちゃんと正確に打ち出してくれるんだよ」

「ふうん」

そのときの表情を思い出し、日高は二日酔いを忘れた気になって口をひらいた。

「いまは何だってコンピューターを使ってるんだぜ。俺の会社じゃ商品の在庫調整だの工場の材料仕入れ計画に利用してるし、辻の局でも、放送はすべて自動化されている」

「お父さんの会社は、まだ使ってないわ」

コーヒーを飲みながら加代子は言った。

「事務の人が、何でもかんでも計算してるもの」

加代子の父親は、小さな自動車修理工場を経営しているのだった。整備工が数人と、事務系統の社員が女の子を入れて三人。しかし業績はまずまずらしく、日高が加代子を知って半年目に、家を新築した。その新しい応接室で、彼は両親に紹介されたのである。

「まあ、オンラインがどうこうという大がかりなのは使ってないだろうけどな」

仕事内容のあらましを想像して、日高は言った。

「決算のときなんかには、電話サービスで計算をやってるかもしれないぜ」

「そんなことできるの、電話で」

「できるさ」

トーストを食べ終えて手をナフキンでふき、日高はリビングルームの隅に置かれたプッシュホンを指さした。

「加入さえしておけば、あれが端末器になって中央コンピューターに計算を依頼することができる。第二種データ通信というんだったっけな、科学技術計算だの在庫管理サービスまでやってくれるよ」

「あ、そうか」

加代子はそこで初めて気がついたらしく、リビングルーム壁面の収納ユニットにはめ込んだテレビを眼でさした。

「あの、『あなたの意見わたしの意見』も、電話で投票するものね。あれだって、コンピューターなんでしょう」

「…………」

日高は途端に重い気分を再発させて黙りこんだ。軽い二日酔いの原因、つまり昨夜長時

「早く帰ってくるよ。週末だし、カレーも食べたいし」

そしてドアを閉め、吹きぬけになっている高層住宅七階の廊下を歩きだした。左手に等間隔で2LDKのドアがつづき、右のすぐそこには、まったく同じ造りの棟が建っている。都心まで私鉄で約四十分。郊外住宅都市の巨大な団地に、彼は住んでいるのである。

エレベーターで一階に降り、駅にむかって歩き始める。どの棟からも出勤の男や女が次つぎに姿を現わし、それが徐々に一本の帯にまとまって同じ方向へ進んでいく。

それぞれ無言で、誰もが他人どうしである集団が、八方から一点に集中してきているのだ。そして視点を高い空におけば、今度はそんな同類を詰め込んだ列車が、これも八方から一点へと集中していくのである。

「こういう状態も」

歩きながら、日高は思った。

「やつらに利用されてしまう下地をつくっているのだな」

コミュニケーションの限定と、その結果としての孤立感。そしてそれに対する不安感が彼らひとりひとりをして何かへの参加を望ませ、安心感を求めさせるのだ。自分も他人と同じ集団の一員であるという事実を、確認させたがるのである。

「大衆か……」

日高は、昨夜辻が酔っぱらって吐きすてるように言った言葉を思い出していた。

「大衆は神様だ、企業にとってもマスコミにとってもな。しかし、その神様たちは馬鹿だ。うわべだけ礼賛されて喜んでいる、痴愚神だ。痴愚神礼賛会社だよ。へっ」

第二章　策謀

1

長野県軽井沢。

国鉄中軽井沢駅から少し離れた高級別荘地の一角に、巨大な山荘が建っている。

周囲三方を白樺の林にかこまれ、裏手は深く落ちこんでつづく沢となっている。

そのため、広大な敷地にひらべったくうずくまっているように見える鉄筋二階建てのこの建物も、裏から見あげれば、がっしりとしたコンクリート柱の間に二階分の地下室を持つ、四階建構造になっていることがわかる。

その山荘の一室で、男が二人、話をしていた。一人は党内で実力ベストスリーの一人にかぞえられている与党政治家の大友(おおとも)。もう一人は、この山荘を所有している組織の代表者、すなわち、公共放送協会の会長野崎である。

時は、日高が結婚した夏より、ちょうど一年前の八月終り頃。すでに夜となっており、ガラス張りのベランダのむこうには、暗くなった空と、黒いかたまりとなった沢の雑木林がひろがっている。

「いい所だな、ここは。いつ来ても」

一人用のソファにゆったりと身を沈め、左手にブランデーグラスを持って、大友が言った。頭はすでに薄くなっているが、ひきしまった血色のいい顔と、鋭く大きい眼が彼を年齢より十歳は若く見せている。

「そういえば、先月は女房と娘がお世話になった。喜んでいたよ」

「そうですか、それは結構でした」

低いテーブルをはさんだ反対側のソファで、ベランダに背をむけて坐っている野崎がこたえた。こちらはでっぷりとした身体つきで、頭は完全に禿げあがっており、眼の下にはたるみができてしまっている。年齢は、相手とほとんど変らないのである。

「よろしければ、いつでもどうぞとお伝えください」

「ありがとう」

大友は軽くうなずき、グラスを口に運びながら首をかしげた。

「それにしても、今日はいやに静かだな。他には誰も利用者はいないのかね」

「ええ、私たちだけです」

野崎はかすかに笑って言った。

「何か、大変なお話らしいと秘書の方がおっしゃってらしたので、予約者には遠慮をしてもらいました」

「かまわないのかね」

ブランデーで唇をしめして質問した。

「ああ、御心配御無用です」

野崎は、テーブルの上のシガレットケースに手をのばしてこたえた。

「理事の一人が家族サービスで来るのと、もう一人はシナリオライターの缶詰予定でしたのでね。それぞれ、明日からに延ばさせたのです」

「ふむ」

大友はグラスを置き、ゆっくりと顎をなでまわした。野崎は煙草を一服吸い、黙って次の言葉を待っている。やがて、それが出た。

「なしくずし解禁の反応はどうかね、ポルノの」

「世間のですか」

「うむ」

野崎は、煙草を指にはさんだまま、その肘を左手で支えるようにして、しばらく黙った。

どうやら、やっと本題に入ったらしい――

いまの質問に、そう感じたからだった。夕方車で到着して以来、互いの秘書をまじえての食事の席でも、その後の敷地内の散歩中にも、相手はごく一般的な政治や経済の話しかしなかったのだ。

「内々でお話がしたいとおっしゃっておられますので、どこか適当な場所の設定を」

つい先日、秘書を通じての思わせぶりな要請があったにしては――

野崎はそう考えて内心で首をかしげ、いやいや、秘書さえ席をはずさせての話があるに違いないとも思い、こちらからは何も質問せずに待ちつづけていたのである。

そして案の定、二人だけになって、初めてらしき話題が出た。ふむ、何かポルノ解禁がらみの問題なのだな――

「世間の反応はですね」

野崎は、灰皿に煙草の灰を落として言った。

「まずまずといったところですね。歓迎または賛成が三割。やむを得ない時の流れとみるのが三割。残りは反対三割に無回答ですか」

「それは君のところの調査か」

「ええ、世論研究所のサンプリング調査です。かなり正確なものですよ」

「ふむ、三割三割で六割賛成か」

大友はニヤリと笑い、ついで表情をひきしめてふたたび質問した。

「反対三割の内訳はどんな具合なんだね」

「そう、ほとんどが宗教関係とか教育者とか、高年齢層の主婦なんかですね」

「ふん」

相手は鼻を鳴らし、小気味よさそうに言った。

「何でもかんでも反対の常連たちも、今度は反対のしようがなかったわけだな」

「そうですね」

野崎は笑い、考える眼つきをした。

「いままで反体制の旗印にしてたのが、実現したらやっぱり反対なのだとは言えませんからね。渋々賛成、時の流れ、それと無回答に逃げ込んだりしてるんじゃないですか」

「我われの運動の成果だと宣言した連中もいたじゃないか」

「ああ、文化人何とか連合ですか」

数カ月前のニュースを思い出し、二人は顔を見あわせてニタリと笑った。

つも馬鹿だな」

「何でもかんでも反対だというやつらも馬鹿だが、何でも自分たちの手柄だと宣言するや

「そうですね。あの、『表現の自由をひろげる会』の役員に迎えられて喜んでる学者や芸術家なんか、一種の芸者ですからね」

「………」

大友は黙り、ブランデーを含んだ。野崎は煙草を灰皿に押しつけて消し、自分のグラスに手をのばした。そうしながら、次の言葉を待って、神経を耳に集中させている。

「ひろげる会の活動は、できるだけ取りあげてくれるとありがたいな」

さりげない調子で相手が言う。

「そうですね、できるだけ」

彼はそれだけこたえて、グラスを口に運ぶ。

「それで、その活動がひろがることによって、反対者が減っていくと嬉しい」

「まあ、二割くらいまでには落とせるでしょう。高年齢層だの主婦だのはこちらのナニで変りますからね、意識が」

「ふむ」

大友はうなずき、僅(わず)かに残ったブランデーを飲みほした。野崎が自分のグラスを置き、

ボトルを取りあげて次の一杯を勧める。

「で、そこでだ」

相手は注がれたグラスを眼の高さにあげてじっと見つめ、その表情のまま口をひらいた。

「ひろげる会の発展分派組織として、ひとつの実行団体が欲しいな」

「団体ですか」

「ああ、超党派無政治色の非営利団体。せっかくひろげられた表現の自由を昔に逆行縮小させないために、国民ひとりひとりがさまざまな問題について考え、意見を発表していく、その運動を起こす母体だな」

「………」

野崎はボトルを置き、じっと大友の顔を見つめた。いまの言葉の、真意がわかりかねたからだった。額面どおりに受けとめれば、これはむしろ、彼らとは逆の立場にいる人間の発言に思えるのである。

「……それは、つまり」

「たとえば、公共発言機構とか何とかかな」

質問を許さず、グラスを見つめたまま、彼は言った。

「そして、その活動に対して君のところでは協力をおしまず、さっきの何だ、世論研究所か、そこの調査結果を元に、視聴者の要望にこたえてスタジオと時間とを公開する」

「………」

とにかく最後まで聞いてみよう。そう決めた野崎に、大友はようやくグラスを口元に近づけながら、視線だけは別方向にむけて喋りつづけた。

「放送は一方通行ではいけない。視聴者からのフィードバック、つまりパブリックアクセスを許容したものでなければな。まして公共放送ともなれば、その責任は重大だ」

かなり勉強をしたのだな、何かのために。

野崎は思い、緊張してうなずいた。

「だから、もし実現させられるならば、その番組は生放送で直接視聴者が参加できる形態をとることが望ましい。全国どこからでもな」

ブランデーをなめ、思いついたようにつけくわえた。

「たとえば電話の利用とかでな」

電話を利用した公開発言番組を作れというのだな。いままでの話からそう判断し、野崎は相手が言わんとしている核心が何であるのか、それだけがわからぬまま沈黙をつづけた。

「電電公社に聞いてみると、全国各家庭のプッシュホンを端末器化し、直結回線で君のところの中央コンピューターに信号を送ることは、割合簡単にできるらしいんだな」

「信号ですか、声じゃなく」

「声だと大変だろうが、同時に全国からかかってきたら」

公開発言といっても、視聴者に喋らせろというのではないようだな。野崎は考え、信号という言葉から推測してつぶやいた。

「アンケート……投票……」

「年末の歌番組で、毎年簡単なのをやっているな」

投票か。ブランデーを飲み、彼はさまざまな方向に頭を働かせようとした。生番組・公開発言・投票、投票による判定か。しかし、何を、何のために……

「最近はうるさくなってきたな」

大友は、話をいきなり別の方向に飛ばせた。

「どんなことにも、国民が口をはさむようになってきた。大衆がすべてを裁定する世の中だ。これこそ、時の流れだろうがな」

押さえられない、すでに。真正面からの力や方法では。野崎は、話が飛躍したように見えて、実は核心に近づいていることを感じとり、考えた。では、それを押さえられるのは誰だ。そして、どんな力で、どんな方法でなのだ。

「毒をもって毒をという言葉があるな」

大友は言い、そのまま黙り込んだ。

しばらく考えてから、野崎は相手の意向を確かめるために例を提示しようとした。

「枝葉放送のあるローカル局で」

「シヨウ放送?」

「ああ、民放のことです。私ども基幹放送に対しての、こちらの内部用語ですが」

「ふん」

「電話でどんどん苦情を発言できるスタジオ番組をやったことがあるそうです。で、公害だの不法建築だのに関する苦情が殺到したのだそうですが」

「………」

言葉を切り、ひと呼吸おいてから彼は、これですね狙いはという思いをこめて言った。

「それがエスカレートして、何かあると、局に電話をするぞという科白が殺し文句になってしまったそうです。地域エゴ、住民エゴをかえって助長しているのではないかと、局内部でも反省の声が出たそうで……」

大友がニタリと笑ったのを確認して、野崎はそこで話を打ち切った。

「ま、ともあれ、検討させてください」

「ああ、頼むよ」

グラスをあげ、相手は平静そのものの顔でこたえた。飲みほして、つぶやいた。

「ポルノポルノ、皮を切らせて肉をだな」

それから、野崎の顔をまともに見て言った。

「君のところは、ここしばらく、いや、多分この先もずっとだろうが、いまの形態でいくしかないな。また、その方が得なはずだ。

受信料納付法定化や国営の公社公団にするよりはな。それでは、国民の抱くイメージが悪くなる」

そのとおりですとうなずいた野崎に、彼はうなずき返して低い声で言った。

「しかし、これだけは肝に銘じておいてほしい。この先、いままで以上に国益を考えて動いていかなければならんのだとな」

「さきほどの団体の名称ですが」

野崎は、相手の意を体し、提案した。

「発言機構より考査機構というのはどうでしょう。公共考査機構」

「ふむ、それはいいな。いかにも意味ありげだ」

大友はこたえ、珍らしく感心したような顔になった。

「よくそんな言葉が出てきたな」

「なに、それも内部用語ですよ。考査会とか考査カードとか、考査のつく言葉をよく使ってますのでね」

「なるほど、君のところらしい」

ニヤッと笑ってから、突然思い出したように、話をかなり前に戻した。

「反対三割のなかに、宗教にも教育にも関係なく、解禁を何かの餌だと考えて反対している奴らもいるのだろうな」

「ええ、それはもちろん」

「ふうむ」

彼はうなり、グラスをそっとテーブルに置いてつぶやいた。

「その連中がお客さんだな、番組の」

野崎は、黙ってかすかに首を縦にふった。

2

「プロ野球も、そろそろ終盤戦だな」

ゆっくり走るキャデラックの後部シートで、野崎が前方を見つめたまま言った。

「そうですね」

窓の外を流れていく高層ビル群をチラッチラッと横眼で見ながら、中肉中背の男がこたえた。どちらかといえばひらべったい顔に優しそうな眼と小さな口を持つ、一見好人物風の彼は、会長野崎の右腕として、複雑な協会組織のほとんど頂点に近い部分に自分の地位を持っている。すなわち、人事本部や技術本部、あるいは営業統轄局などと並んで、放送実施業務のすべてをコントロールする、放送統轄局の局長なのである。

彼の下には国際局及び番組統制センターがあり、国際局にはさらに編成・アジア・欧米・報道などに、また、統制センターは制作技術局・アナウンス室・制作業務局・ニュースビューロー・解説委員室、そして番組各チームなどに分けられている。

ちなみに言うならば、制作技術局は中継班・技術業務班・第一から第五までの制作技術班をかかえており、ニュースビューローは、新聞社と同様に、整理・政治・経済・社会などの各部から成り立っている。

また、番組各チームという名称は、学校放送・青少年幼児・通信教育・科学産業・農林水産から、家庭・教養・スペシャル・演芸に至るまでの十以上の放送番組チームを総称しているのである。

これらすべての部署を、つまり、極端にいえば放送局の中枢部門全体を率いているのが、この放送統轄局長なのだ。

そして二人はいま、都心のホテルでひらかれる、政財界人懇談パーティーに出席するところである。他の車で、副会長や専務理事なども同じ会場にむかっている。ぜひ出席してほしいという要請があったからなのだ。

「プロ野球が終って、秋から冬、そして歳末だな」

「ええ」

局長はこたえた。

「まったく、一年なんてすぐたちますね」

「秋から冬、そして歳末」

野崎はもう一度つぶやき、視線を動かさぬまま、ポツリと言った。

「働いてもらわなければならんな、今年の残りをフルに使って」

「は?」

彼の言葉が単なる季節の話題ではなかったらしいことに気づき、局長は顔をそちらにむけた。相手はあいかわらず前をむいている。

「今年中に何か……」

「今年中。そして来年から一年二年、三年かかるかな。あるいは五年かかるか」

局長の言葉に、彼はほうと声をあげ、野崎の手からグラスを取って言った。

「嬉しいな、箱根よりむこう出身の人に会えて」

ちょっとグラスをあげてみせ、彼は周囲を示すようにそれでぐるりと円を描いた。

「本郷あたりにどんな店があったか、そんな話題はさっぱりわからんからな」

「まったくです」

局長はこたえ、自分もコップを取って眼の高さにあげてみせた。

「百万遍あたりの店なら詳しいんですが」

「はっはっはっ」

機嫌よく笑う社長に、野崎が言った。

「例の件、実施は彼が責任をもって受け持ちますので」

「ああ、なるほど」

彼は、胸ポケットにしまった局長の名刺をもう一度つまみだして眺め、うなずいた。

「資金と事務所はこちらで何とでもする。その、つまり、何とか機構の段階まではね」

「ありがとうございます」

上ですでにそう決定しているのだな。そう思い、局長はそつのないようにこたえた。

「ひとつ、よろしくお願いいたします」

「いや、こちらこそ」

儀礼的に挨拶を返し、相手は野崎にむかってうなずきかけた。

「あ、それでは」

彼はこたえ、局長の肩を叩いて頼むよと言ってから、ふたたび社長を先導して人混みのなかに戻っていった。

「いよいよですな」

それを待っていたように、同じテーブルの、局長とは反対側に立っていた男が声をかけてきた。小柄でまだ若そうだが、胸に議員バッジをつけている。髪が豊かで黒い。

「はあ……」

あいまいにこたえる局長に近づいてきて、彼は心底愉快そうに言った。

「遂に決断なさったわけですからね。在任中には無理かもしれないが、道をひらいたということで、先生の名は永く残りますよ」

自分の属する派閥のボスのことを言っているらしいな。局長は考え、相手の顔を見つめてその名を思い出し、途端に彼いわくの先生の名も頭にうかんでハッとした。

それは、先月初めにアメリカ訪問を終えてきたばかりの政府代表、つまり首相だったからである。

「誰かがいつかは決めなくちゃならん問題だったんだからな」

軽い酔いのためか、あるいは気分が高揚してきたためか、彼は言葉をぞんざいにして喋りつづけた。

「まあ野党も、これだけ国際情勢が変化してきたんで、内心うろたえてるだろうからな。既成事実の積み重ねで攻めりゃ」

ニヤッと笑った。

「それに第一、その頃には世論がこっちに味方しているはずだしな」

彼は局長を見あげるようにしてささやいた。

「頼むよ、その点は」

「はあ」

局長はつぶやき、相手が期待している内容の見当がつかぬまま、あいまいに笑った。そして、こうも感じていた。

「何かがあるということだけを知っているが、この男もその実体を知らされてはいないのだな。だから、こんな出来合いの言葉を並べているのだろう……」

「時間帯ですが、土曜の八時から一時間でいかがでしょう」

夜の首都高速道路。先に野崎を自宅まで送る車のなかで、局長が言った。

「日曜は無理か。ふむ、無理だな」

彼は自問自答し、うなずいた。

「まあ、その線でいいだろう」

しばらく黙り、ポツリと言った。

「特別チームがいるな」

「は？」

「準備は極力急いで、かつ完璧にやらなければならん。別チームが必要だよ」

「はあ」

パーティー会場へむかったときとは逆に、局長が前方を見つめ、野崎はウィンドーの外をぼんやりと眺めている。その姿勢のまま言った。

「技術研究所と世論研究所、それから制作技術班と番組チーム。とにかく、必要な人間を必要なセクションから、必要なだけ抽出してくれてかまわない。新チームを作って、そうだな、組織上は教養番組チームの別班ということにでもしておいてくれ」

「………」

「政財界、野党、マスコミ。根まわししなければいかん相手は多いからな」

うふっと笑ってつぶやいた。

「もっとも、上の話は上でつけてくれるだろうがな」

「あの」

「何だ」

局長はチラッと運転手の後姿に眼を走らせ、幾分声を低くして質問した。

「さっき会場で、随分いろんな人に紹介されました。会長や副会長や専務理事から」

「それで？」

「はあ、いや、つまりその皆さんすべてが、この件に関係あるのかどうかと思いまして」

「ある。あるから紹介したんだ」

議員、党人、企業上層部、経済団体の役員、そして電電公社の首脳陣。あるいは、監督官庁である郵政省の次官や、直接には無関係と思える通産外務各省の高級官僚たちと、彼は名刺を交換したのである。いや、正確には、させられたのである。そしてその全員から、彼は「よろしく」だの「ひとつ腰を据えて」だの、「期待しているので」などと言われたのだ。しかも、そのうちの何人かは、野崎が予告したとおりB計画という言葉を、さりげなく話の中にはさみ込んでいた。いったい何だというのだろう――

局長は、内ポケットから一センチ以上にもなった名刺の束を取り出し、暗いなかで一枚一枚めくっていった。

「この人は肩書がありませんね」

「どれだ。ああ、それか」

野崎は差し出された一枚を覗き込み、黙ってニヤリと笑った。

「それは民間人だよ、民間人」

念を押した言い方から、局長は、正解がその逆であろうことを感じとっていた。

「ゾルダートですか」

運転手にわからぬようドイツ語を使うと、相手はうなずいて同国語を返してきた。

「ヤー」

局長は、いま自分の持っている名刺の束が、この国最上層部の人名録になっていることに気づき、ふうっと大きく息を吐いた。

「家に寄らんか。僕の知っている限りだが、詳しい話をするから」

窓越しに夜空を見あげたまま野崎が言い、局長はかすれた声でこたえた。

「ええ……」

3

「何か、おもしろい本でもありますかね」

渋谷の総合放送センター。番組制作ブロック棟五階の書籍販売コーナーで、プロデューサーの米田が棚を見あげていると、背後から声がかかった。

「え」

ふりむくと、午前中から仕事で外出していた教養番組チームのチーフプロデューサー、坪井が立っていた。

「ああ、いえ、別にこれといった新刊もないようですが」

「ふむ」

うなずいて、眼鏡をかけた浅黒い顔を書棚にむけ、そのままの姿勢で彼は言った。

「何とか、話はつけてきたよ」

「はあ」

「いま、ちょっと時間はあるかな」

米田はチラッと腕時計を見てこたえた。

「ええ、三十分くらいなら」

「お茶でも飲もうか」

「はあ」

「いや、進行状況の確認をしたいんだ」

「ああ、はい、わかりました」

用件がのみこめて緊張した表情になり、米田は長身の坪井を見あげてうなずいた。

「私も、ここらでもう一度と思ってたんです。つまりその、ポイントがもうひとつはっきりとはつかめないもので」

「ふむ」

坪井は口元にかすかに笑いをうかべ、コーナーを離れてゆっくりと歩きだした。小柄な米田がそのあとにつづく。廊下を少し進んで左に曲がればラジオ用スタジオのつづく区画があり、右に曲がれば職員用の食堂がある。

二人は右に曲がり、広い食堂に入った。

時刻は午後の四時前だが、時間に不規則な仕事をしている現業職員たちが、あちこちのテーブルで食事をとっている。また、うちあわせなのか時間待ちなのか、何人かでかたまってお茶を飲み、喋りあっている茶色のジャンパー姿も見える。

「窓際へ行こうか」

チケットを買って坪井が言い、入口からは最も奥にあたるテーブルへと進んだ。

席に着き、コーヒーが運ばれてくるまで、黙って窓の外を眺めている。

むこうに、代々木の競技場が見え、すぐ眼の前には高層の本館ビルがそびえたっている。

「つまり、こういうことだな」

突然、坪井が窓の外を顎で示して言った。

「は、と言いますと？」

むかいあって坐った米田も外を見、芝生やタクシー進入路や国旗掲揚ポールなどに視線を移した。

坪井はニヤリと笑った。

「そんなにキョロキョロしたって何もないよ。番組の話だ」

「はあ」

「こちら側に視聴者がいる。そして、このフロアは二階に見えている。しかし」

「ああ、なるほど、そういう意味ですか」

コーヒーが運ばれてきたので二人は黙り、もう一度窓の外を眺めた。

斜面状の広大な敷地に建設されたこの総合放送センターは、国立競技場側の正面玄関から入れば一階でありひろびろとしたロビーもあるフロアが、その反対側からならば四階にあたるという構造になっている。

したがって、いま二人が坐っている席は、二階にみえる五階にあるということになるわけである。

「つまり、番組はこちら側を表として進められる。あるいは進められなければならないということだ。実は、裏で四階分の土台を築きながらな」

コーヒーをブラックでひとくち飲み、坪井は低い声でそう言ってニヤッと笑った。

「たとえとしては最適ですね、それは」

ミルクを入れながら、米田がこたえた。

「その証拠に、見学者コースの入口はこっちにありますからね」

「ふっふっ」

カップを口元でとめて笑い、坪井は上機嫌な口調で言った。

「ポイントがつかめないって言ってたけど、ちゃんとつかんでるじゃないか」

「いや、まあ、その辺はわかっているんですがね」

米田は首をかしげ、不安気な表情になった。

「ただ、そのもっと根本。つまり、なぜそんな番組を始めるのかが、もうひとつわからないんですよ。なぜ、突然年間番組編成計画に割り込ませて、しかも部長会にも確定会議にもかけずに決定したのか。あるいは、どうしてわざわざ別班をつくり、プロデューサーの私が現場のディレクターを担当するべく、そこに入れられたのかなどということがですね」

「そういうことは考えなくてもいい」

さきほどの上機嫌な口調を一変させ、坪井は厳しい表情になって、押さえつけるように言った。

「第一、そんなことは僕だって知らん。要は、統轄局長の指示にあったこと、それだけを我われは進めていけばいいんだ」

「はあ、それはよくわかっていますが」

一カ月ほど前、二人は突然統轄局長からの直接呼び出しを受け、人払いした役員室で、新年から番組をひとつ開始するよう命じられたのだった。

「とにかく最優先だ」

そのとき局長は言い、別チームの編成と準備作業の即刻進行とを指示した。

「ややこしい問題が起きたら、すべてわしのところへ直接持ってこい。業務上のトラブルや障害はもちろん、公放労だの新聞記者室の連中だのが嘴（くちばし）をはさんできた場合もだ」

そう念を押し、具体的な計画を説明し始めたのである。そしてその翌日から、二人はそれまで担当していた業務を他の同僚にひきつがせたり、命じられた作業をどう進めれば最も効率が良いかを検討したりしだしたというわけなのだ。

それから一カ月余り。準備作業は順調に進み、現在では現場スタッフを加えての検討会をひらけるまでに至っている。

「統轄局長も」

坪井はコーヒーを飲み、口調を元に戻して言った。

「多分、そのあたりは知らないんだろうよ」

「とすると、会長の指示でしょうか」

「だろうな」

「………………」

米田は黙り込み、心のなかで考えた。

何だかわからないが、大きな問題とつながっていそうだぞ。まあ、それについては、これ以後あまり口を出さない方がよさそうだな。

「我われのレベルに話を戻そう」

同じことを考えていたのだろうか、坪井はカップを置き、それまでの話にきりをつける

か」

「そんなことではないだろう」

坪井は言下にそれを否定した。

「そんなことが狙いで、こんないりくんだシステムを作ったりするものか。第一それなら、必ずどこかから抗議や横槍が入るはずじゃないか」

「それもそうですね」

米田は首をかしげた。

「そういえば、公放労も何も言ってきませんしね」

局内労組である公共放送労働組合は、現在坪井達が進めている番組企画に関しては、まったくの沈黙を守っているのだった。普通ならば、その企画意図の説明を求め、いきなり年間編成計画に割り込ませた理由を問いただしてきても不思議はないはずなのにである。

「新聞記者室からも一度だけ取材に来て、それ以後ピタリと来なくなりましたしね」

米田の言葉にうなずきかけ、そこで突然自分もその背景を疑いだしていたことに気づいたのだろう、坪井は灰皿に置いたままですでにフィルターのみとなってしまった煙草をつまんで乱暴に押しつけ、周囲に気を配ってから強い口調で言った。

「とにかくパイプはできている、システムはほとんど完成しているんだ。あとは、それをどう活用し、運用していくかだ。それが我われの仕事だろう」

「………」

米田は口をつぐみ、坪井の表情に気押されたように視線をそらせた。

「もう十一月も残り僅かだ。今月中に一応の目途をつけ、来月からは番組そのものの構成だのモニターテストだのにかからなければならない。一回目の放送は新年の第一土曜日、それをナマ本番でなんだからな」

「はあ」

残り少なくなったコーヒーを、カップを裏むけるようにして飲み、米田はこたえた。

「来週にでも、現場スタッフを含めての総合検討会をやろうと考えているのですが」

「いいだろう」

坪井はこたえ、そのまま黙りこんで窓の外に視線を移した。これ以後はいらぬことは絶対に考えないし、質問にもこたえない。そう決意したような、厳しく冷たい横顔を米田に見せながらである。

「………」

小さくため息をついて、米田はカップをそっと皿に戻した。

4

「結局、実験だと思うよ、俺は」

テレビカメラのズーミング用ハンドルを引いたり押したりしながら、ジャンパー姿の若いカメラマンが言った。

「だから、何の実験だよ」

別のカメラを受け持っている同僚が、自分の持場を離れ、彼のそばで二センチほども厚さのある演出台本のページをめくりながら問い返した。こちらは黒のセーターを着ている。

広く天井の高いテレビ用スタジオ。そのフロアをいっぱいに使って、新番組の試し撮りが行なわれようとしているのだった。

一方の隅にはクリーム色のホリゾントパネルが立てられ、その前には司会者用のデスクと椅子がセットされている。パネルに取りつけられたアクリル製の切文字は、番組タイトルが「あなたの意見わたしの意見」であることを示している。

そしてその横手にはフリップカードを立てる台が置かれ、残り三方の壁際には、高さ三十センチで畳一枚分ほどの小さなステージが一定間隔で並べられているのだった。それが全体としてコの字型をつくり、その内側に三台のカメラや、そこから延びてうねうねと床を這う太いケーブルや、ブームマイクや、モニターテレビなどが押し込められているのである。

美術の連中や照明係が忙しそうに動きまわり、てんでにあげるその声に従って、ステージの位置や天井のバトンに吊られたライトの高さなどが変更され、あるいは元に戻されていく。

口元にマイクがくるようにセットされたヘッドホンを使い、副調整室と相談しながらそれらの指示をつづけているのは、米田である。

「なあ、何の実験なんだよ」

同僚がカメラのドリー部分に足をかけ、台本を意味もなくめくりつづけながら聞いた。

「いや、だからさ、キューブの拡大版をやろうとしてると思うんだよ」

「キューブ。何だいそれ」

「おまえ、テレビの仕事していて、キューブを知らないのか」

あいかわらずハンドルをオモチャにしながら、彼は言った。

「何年か前にアメリカで始められた双方向テレビの実験だよ。CATVの応用なんだけどな、家庭の端末装置のボタンを押して、好きな番組を選んだり、アンケートにこたえたりできるようにしたんだ」

「へへえ、詳しいな」

相手は台本をまるめ、それで自分の頭を軽く叩いてこたえた。

「そういうことは、俺はまったく知らん」

「情けない奴だな」

彼はハンドルから手を離し、フロアにしつらえられたステージの列や、司会者デスクを見まわして言った。

「あそこに視聴者の代表が立つだろう。そして意見を述べるわけだろう。すると、司会者が視聴者にそれに対する賛否を問う。そこで視聴者がプッシュホンのボタンを押せば」

「わかったわかった」

相手は台本をふってその言葉をさえぎった。

「電電公社の回線自動切り換えで、その信号がこちらのビッグコンピューターに直結で入ってきて双方の得票数を示す。そしてそれは副調の積算液晶パネルに刻々表示され、そのまま画面にダブって映しだされると、こういうことだろう。それくらいはちゃんとこれに書いてあるさ」

台本の前の方をひろげ、彼はその一部分を棒読みした。

「かくして、より広範な国民の意見が紹介され、民主主義の根本原則である多数公開討論の場が、茶の間とスタジオを結ぶことによって確保されるのである——とね」

「そうだよ。キューブは限定地域内のCATVだったけど、それをこっちは全国ネットでやろうというわけさ。大規模な実験なんだよ」

「ふん」

黒セーターの男は鼻を鳴らし、小馬鹿にしたようにつぶやいた。

「出世するよ、おまえは」

「どうして」

茶色のジャンパーの声に軽く舌うちをし、彼は声を小さくして言った。

「台本の企画意図紹介をそのまま信用してるからよ。出世三条件のうちの、ひとつを完全に満たしているからな」

「何だ、三条件って」

「知らんのか、ここの飯を食っていて」

今度は彼が言う番だった。

「情けない奴だな。出世の三条件をここでは戦前から三テイと言ってたんだ。帝大出身・逓信省天下り、そして低級。略して三テイじゃないか」

「どうして俺が低級なんだよ」

ムッとした顔のジャンパーに、彼はへらへらと笑ってこたえた。

「実験であることくらい子供にだってわかるんだよ。ただし、それが何のための実験かを考えないってのは、これはやはりね」

「何のため？」

「ああそうさ」

彼はもう一度台本をまるめ、スタジオ内をぐるりとそれで示した。

「この忙しい年末に、何をあわてててこんな試し撮りをするんだ。見ろ、予定じゃ来週のはずだったから、出演者ステージの演台はまだ全部揃ってないんだと。にもかかわらず、プロデューサーの米さんが、ひさかたぶりのフロアを勤めて緊張しきっている。上にいるのは、そつのなさでは勲一等という坪井の先生だ。御両人とも、それぞれ二テイを兼ね備えているという出世頭だ。これで、単なるその何だ、ツーウエイの実験か、それだと思い込むようじゃ、おまえもかなりの好人物だってことさ」

ジャンパー姿のカメラマンが見ると、郵政官僚の紹介で採用試験を受けたといわれている米田が、しきりにうなずいて口元のマイクに何か喋っているところだった。ヘッドホンを通して指示を与えているのは、副調に陣どっている「本郷」出身の坪井に違いない。三十五歳と四十歳。二人とも、それぞれの同期職員より二、三歩早く、プロデューサー及びチーフプロデューサーになっているのである。

「ふうむ」

ようやく相手の言わんとするところがわかってきたらしく、ジャンパー姿のカメラマンはスタジオ内を見まわしてつぶやいた。

「そう言われれば、何となく気になるな」

「あたりまえだ。気にならなきゃおかしい」

黒セーターはニヤリと笑った。

「もっと気になることを言ってやろうか。いくらでも、あるんだぞ」

「たとえば？」

「たとえば、この番組は部内提案会議にも局部提案会議にもかけられずに、上から降りてきたんだそうだ。多分、会長からだろうって、教養のやつが言ってたな」

「会長からって」

ジャンパーは問い返した。

「番組編成は経営委員会とか番組審議会とかで決めることだろう」

「あんた、本当に何も知らないのね。年がら年中、カメラばかりいじってるからそういうことになるんだよ」

黒セーターはあきれたように、あるいは少し腹を立てたように言った。

「それは機構上のタテマエじゃないか。会長は神様。経営委員会の連中なんて、あちこちの温泉地で会議をひらいてもらってシャンシャンシャン、何の権限も持っちゃいないんだよ」

「詳しいな」

「あたりまえだ。俺は三テイのどのひとつも満足には持っていない、局内ドロップアウト派の前頭筆頭なんだからな。あんたには見えないことが、ちゃんと見えるのさ」

彼は自嘲的とも誇らしくともとれる言い方をした。

「おまけに公放労内部でも異端派だ。見え過ぎて困るくらいだよ」

そして思い出したらしく、つけくわえた。

「公放労の委員にこの番組のことを質問したら、特に問題とするべき点もないと言いやがったしな。とにかく、臭いことだらけだ」

「つまり、何だというんだ」

ジャンパーの問いに、彼はしばらく黙り、それから吐き捨てるようにこたえた。

「知るもんか、そこまでは」

「ええっと、カメラ。おい、Bカメ」

そのとき米田の声がスタジオ内に響き、彼は肩をすくめて自分の持場へと戻って行った。

「…………」

Aカメを受け持っているジャンパー姿のカメラマンは、その姿を見送ってから、ドリーハンドルにひっかけておいた自分のヘッドホンを取って耳にあてがった。

「Bカメ、フリップ台をアップ。ライト、ちょい下げて。いや、下げすぎ」

米田の声が入ってきた。

そう言われてみれば――

彼は同僚のさきほどの言葉を思い出し、自分への指示を待ちながら考えた。

管理職側のスタッフも、司会者に予定されているアナウンサーも、そつのないので有名な人物ばかりだな――

「ようし。それじゃあ、Cカメ、ホリゾントパネルを狙って。はい、はいはい、副調室、試しに数字をダブらせてください」

耳の中の声に彼が首をねじむけてフロアのモニターテレビを見ると、パネルをバックに、鮮やかな赤の数字が画面下三分の一に映っていた。それがチカチカと光って変っていく。

01：14、09：21、14：36、22：48……

「あなたの意見わたしの意見か」

彼はつぶやき、カメラの台本立てに立てた演出台本のページをめくった。

『今回は第一回目の試し撮りであるが、構成及び時間進行等、すべて本放送に準じて収録していく。なお、出演視聴者もその画面を通したイメージや対カメラ反応特性等をチェックするため、一般視聴者から募集して試出してもらうものとする……』

『原則的には出演者一人につき約十分間の時間をかけるものとする。その内訳は、司会者及びフリップカードによる紹介約二分、出演者の意見陳述三分、視聴者からのリアクション紹介四分、しめくくり一分である。

これを五人程度消化し、前後に司会者挨拶及びテーマ音楽等を加えて、合計六十分となるよう構成するものである……』

「はい、Aカメ、ステージの右端から」

声が入ったので、彼ははじかれたように身体をしゃんとさせ、重いカメラをぐいと右にふった。カメラ本体後部の小さな画面に、ステージと演台が映っている。上からブームマイクが降りてきてフレーム内に入り、米田の声で、またスッと上に消えた。

「つまり、何だというのだろう」

思いながら、彼は指示通りにカメラを動かしつづけていた。

5

「これ、一応返しておくよ」

永田町にあるホテルの一室。窓の彼方(かなた)に国会議事堂中央尖塔の裏側を見おろせる部屋で、頭の薄くなった、しかしひきしまった血色のいい顔と鋭く光る眼を持つ男が、ビデオカセットを差し出した。

「ああ、そうですか。それでは」

低いテーブル越しに手をのばし、でっぷりと太った禿頭の男がそれを受けとる。

すなわち、夏に軽井沢で会った二人が、場所を片方の私設事務所に移して、またむかいあっているのだった。

最上階に近いフロアにある特別室。ドアを入ったすぐ右側に受付デスクがあり、三十前に見える女性が坐っている。そばに和文タイプライターが置かれているのは、来客がないときに、彼女がボスの書いた手紙や原稿草案を打つためのものだろう。

背後の壁にはチーク材の飾り棚があり、そこには、ゴルフのコンペで獲得したらしいカップや議員勤続何十年かの表彰品である楯(たて)などとともに、彼の写真も飾ってある。

　そして正面の窓を背に置かれた大型デスクの上には、電話機と書類のひと山である。

　その左手には、アコーディオンドアで仕切れるようになった広いスペースがあり、十人程度の会議ならいつでもひらけるように、低い長方形のテーブルを囲んでソファがセットされている。

　いま、アコーディオンドアはひらかれており、コーヒーカップを前に、二人が話しあっているのだった。

「御覧いただけましたか」

　野崎が、チラッと右に視線を走らせて郵便物の整理をしている受付の女性を見、手に持ったカセットをちょっと上げるようにして聞いた。

「ああ、見せてもらった」

　相手はこたえてソファに背中をあずけ、胸の前で両手を組みあわせた。両方の親指をつけたり離したりしている。

「……いま、かまいませんか」

「ん？」

　野崎の問いにその動きを一瞬だけ止め、すぐまた再開して彼は言った。

「ああ、かまわないよ。そのために来てもらったんだ」

「はあ……」

野崎はこたえ、カセットをテーブルの上に置いて、しばらくそれを見つめていた。

「見せてもらったし、見ていただいた」

大友が、同じ姿勢のまま言った。

「急がせて申訳なかったと言っておられた。次の会議で報告しなければならなかったのでとな」

「はあ、いえ、そんなことは何でもありませんが」

野崎は顔をあげ、不安そうに相手を見た。

「で、いかがでしょうか」

「そう……」

大友はこたえてゆっくりと首をまわし、ニッと笑って言った。

「まあ、こんなものだろうな。この線でいいんじゃないかということだったよ」

「ああ、それは」

ほっとしたように肩の力を抜き、野崎は上体を少し乗り出すようにした。コーヒーカップに手をのばし、半分ほどになってぬるくなったやつを口に含んでいる。

「ただ」

その声でごくりと喉を鳴らし、緊張した表情に戻って、カップを置いた。

「ただ、何でしょうか」

「うん」

相手は軽くうなずいて、天井を見あげた。

「実施する場合には、若干修正を加えなければならんのじゃないかということだな。番組自体にも、計画全体にもな」

「とおっしゃいますと」

「これはまあパイロットテープだからこれで上等なんだが、本番となるとな」

そのとき電話のベルが鳴り、受付の女性が取って応対を始めた。

「つまり、まず第一に最初の二カ月ほどは」

「先生、お電話です。そちらにまわします」

その声にかたわらの受話器を取り、彼は話を中断してそちらに移った。

「……ああ、そうだな。え、本会議？　もちろんそれはな……ふむ、まあ今回は譲ってやった方がいいんじゃないかな。例の件で借りを作ったことだし……ああ、はい。うん、わかった。じゃあ、次官にそう伝えといてくれ」

受話器を元に戻し、しばらく何かを考えている。重大な用件でも入ったのだろうか――

野崎が思ったとき、彼は口をひらいた。

「最初の二カ月ほどは、出演者もこちらで選んで、どこからも文句のつかないような意見や論を発表させた方がいいんじゃないかということだな」

「………」

「つまり、一般視聴者にとにかく有意義な番組だと思わせるためにな。だから、もちろん反対投票が賛成を上まわるような意見もいくらかははさみこむわけだが、それにしても特に問題にはならんような、穏健な物にしておくのがいいだろうということだ」

彼はそこまで言って電話を指さし、ニヤッと笑った。

「国鉄の運賃値上げ、今回は審議未了でお流れとなりそうだな」

「はあ……」

なぜ突然話をそらせたのかわからない顔の彼に、大友はカセットを顎で示して言った。

「その件での借りを返さなくちゃいかんからな、ここしばらくは」

「ああ、なるほど」

つながりに気づいて野崎はうなずき、質問した。

「とすると、野党の方は」

「まあ、大丈夫ということだな」

相手はこたえて、足を組んだ。

「第一、大義名分はこちらにあるんだ。下手に反対すれば国民から非難されるのは自分たちだと気づいたんだろう。おかしいなと思ってはいるにしても、正面切って追及はできないわけさ」

「そうですね」

野崎は大きくうなずいた。

「こちらには憲法第二十一条、表現の自由を保障という錦の御旗がありますからね。どう対処するか、各党とも知恵を絞っていたところでしょう。ポルノ解禁以来ね」

「ふん、肉を切らせてさ」

彼は小馬鹿にしたように言い、頭の後で腕を組んだ。

「とにかく、野党さんに関してはこっちの勝ちだな。法案をいくつか見送るだけで、番組に文句をつけない約束が取れた。目的に気づいたときには、奴らの味方であったはずの国民も、こっちについているだろうからな」

「どなたがお考えになったのかは存じませんが」

野崎はふうっと息を吐いて言った。

「その仕組みの巧妙なことには、まったく感心しましたよ」

「巧妙ではなく精緻と言ってほしいな」

大友はニヤニヤと笑い、うんとひとつ伸びをしてから立ちあがった。

「巧妙などと言われると、何か悪いことをしているように思ってしまうじゃないか。自分自身で」

デスクに近づいて積み上げた書類を何部かつかみ、そのなかの一枚を抜き出して、残りは元に戻した。

「で、さっきのつづきなんだが」

「はあ」

「二カ月から三カ月が過ぎた頃に、新聞も活用し始めようということになった」

ソファに戻り、書類を差し出した。野崎が受け取って、眼を通しだす。

「そこに書いてあるように、番組予告と各出演者の意見紹介を出すわけだ。全十段か七段くらいの広告スペースを使ってな」

「なるほど……」

とりあえず相槌をうってから、彼は首をかしげた。

「しかし、それは何のためですか。それと、これだけのスペースを取ろうと思えばかなりの金が必要でしょうが、それはどこから」

喋っているうちに、次つぎに疑問が湧いてきたらしく、野崎は書類をもう一度冒頭から読み返しながら、質問した。

「第一、公共放送の番組紹介を商業紙で大きく打つというのは、何かと問題が多くて」

「君はさっき、巧妙と言ってくれたじゃないか」

大友はからかうように言い、天井を見あげてつぶやいた。

「そのための、公共考査機構さ」

「…………」

顔をあげてしばらく沈黙し、野崎は書類をそっとテーブルの上に置いて口をひらいた。

「とすると、それらの窓口はあくまで機構だと」

「ふん」

「広告ではなく、パブリックの方の公告的な扱いでスペースを買うわけですか」

「ということになるだろうな」

大友は、視線を天井の一点に固定したまま、暗記した文章を復誦（ふくしょう）するように言った。

「公共考査機構は、表現の自由をひろげる会の実行啓蒙団体として、その主旨に賛同する各界各層の支持のもとに設立された非商業団体である。そしてその活動の一環として、公開討論の場を設定するべく各放送局と折衝したところ、その活動の性格から考えて公共放送が時間を提供するのが最も妥当であろうとの結論に達し、制作委託協定が結ばれることとなった……」

「………」

「ただし」

彼は野崎の顔を見つめ、念を押すように復誦をつづけた。

「機構がすべてを公共放送にまかせては、ともすれば官製番組と受けとめられやすい懸念がうまれるため、機構独自の活動を、機構が持つ資金によって併せて進めていくものとする。すなわち、啓蒙のための地道な掘り起こし作業と、その成果の一般新聞紙上での発表である……」

「あの、それはつまり」

野崎はまばたきを忘れたような相手の眼の表情に逆にパチパチと眼をしばたたかせ、うろたえたように聞いた。

「機構がかなりの財源を持つということに」

「もちろんだ。前にも言っただろうが」

大友はうなずいた。

「主旨に賛同する各界各層からの協力金で運営されていくということだ」

「しかし、一般の新聞がそれだけのスペースをさいてくれますか」

「さかなければ損をするからな、二重に」

彼は両手を前に出し、片方ずつ、ガタンガタンと下げてみせた。

「さかなければ、週一回全国通しのレギュラー広告料をみすみす逃がすことになる。おまけに、他の大スポンサーが、一般読者が機構の公告を読むであろうから、そちらの新聞の方が注目率が高いだろうと言って、自社の広告を他紙に移してしまうことになる」

「……巧妙ですね。まったく巧妙だ」

「新聞といえども私企業だからな。上得意がいっせいに逃げだせば困るわけさ」

言ってから、もう一度訂正した。

「精緻と言ってくれ」

「はあ」

ニヤッと笑いかけ、彼はそれを途中で止めて、真面目な表情に戻った。

「しかし、そううまく進むでしょうか。たとえば編集局とか新聞労連などが」

「何を言ってる」

大友は厳しい顔になってこたえた。

「国民大衆のための、国民大衆による啓蒙活動なんだぞ。それに対して、誰が反対を唱えられるというんだ」

彼は首をかしげ、つぶやいた。

「むしろ、わしらがちょっと危惧の念を表明する方が自然であるような活動なんだ」

「なるほど」

野崎はうなずき、大友の坐っているそのむこうに眼をやった。窓の外に空があり、それが少し曇ってきている。

「ま、とにかくそういうことだ」

相手は立ちあがり、窓際に寄った。

「大丈夫、何も心配することはない。野党もマスコミも、いざとなれば何もできないことは先刻御承知のはずじゃないか」

野崎も立ってその横へ行き、遠くの議事堂を眺めた。大友が言う。

「昔むかし、六十年安保のときには、あそこが群衆で埋めつくされたんだ。にもかかわらず、土壇場では野党もマスコミも、みごとに逃げてしまった。それはつまり」

彼はうふっと笑った。

「その何十倍何百倍もの国民大衆が、意見不明のままじっとしていたからだ。そして、そいつらがその先どう動くか、大体の見当がついたからだ。これ以上押せば、日常を守るために奴らは普段の主義主張をかなぐり捨て、我われ側にはせ参じるに違いないことが見えていたからだ」

「まして現在は……ですか」

「そうだ。そして、ましてこの活動はだ」

大友は自分で自分の考えを確かめるようにうなずいた。

「右も左も上も下も、すべての国民すべての大衆を含んでしまうのだからな。反対する者は、異端者としか呼ばれなくなってしまう」

「そういえば元首相の国葬のときにも」

思い出したらしく、野崎が言った。

「マスコミが右にならえをしましたね」

「そう、そういうものさ。民間の報道機関なんてな」

「ところで」

野崎はチラッと受付をふりむき、声を低くして言った。

「あの女性は大丈夫なんですか、こんな話を聞かせて」

「もちろんだよ、君」

大友はおかしそうにこたえた。

「あの子は藤村の妻君で、二人は職場結婚をしたという仲なんだ。身元は確かで口は固いさ」

「職場といいますと」

野崎の問いに、彼はポツリとこたえた。

「ミリタリー」

第三章　宣言

1

「聞いてるのかよ、おい」

　怒気を含んだ小山の声に、日高はハッと我に返り、あわててうなずいてみせた。

「あ、ああ、聞いてるよ、うん」

「………」

　じろりとその横顔を見て舌うちをし、小山は吐き捨てるように言った。

「ふん、おもしろくないやつだな」

　辻のマンションへ寄った夜から一カ月ほどが過ぎた十一月の中頃。週末の夜を、日高は飲みたくもない酒を飲んで過ごしているのだった。

雑居ビルの三階にあるこの小さなバーは、彼の所属する極東ハウジング営業促進部のたまり場になっている。

ドアを入ると、狭い縦長スペースの手前右側からカウンターが始まり、それが眼の前でほとんど直角にカーブして奥へと延びている。

左手の壁にはコートや上着をかけるためのフックが並び、右はボトルを置いた飾り棚。スツールが七脚あって、それだけでいっぱいになる店なのである。

そしていま、日高が右の一番隅に坐り、隣りに小山、その横が若い男女。以下正面奥へと、サラリーマンの二人連れに一人で飲んでいる中年男と、席はすべてふさがっている。

若い男女は額をよせあってのひそひそ話で自分たちの世界に閉じこもり、サラリーマンの二人連れは和服姿のママと声高に喋りながら飲んでいる。カウンター両端の日高と中年男だけが、黙って水割りを舐めているのだった。

やられたのか、辻。そして早くも、上司からカンヅメで難詰されているのか……

日高は、その日の午後二時過ぎにかかってきた辻からの電話を思い出し、何度も何度も同じことを考えていたのだった。

タレこまれたのか、辻。この先、いったいおまえはどうなっていくんだ……

――ブーッと一回鳴ってから声がする。俺だ。おお、おまえか。どうした、いま頃。公衆だな。そうだ、局の喫茶室のな。で、何だい、用事は。一瞬沈黙してから辻が言う。ヤラレタ。何、やられただと。そうだ。例の件で仲間ともだいぶやりあった。そのお返しがいま頃きやがったんだ。誰かがタレこんだのか。だろうな。しかし、誰なのかはわからんさ。さっき機構の人間がきやがったんだ。出演のお願いにあがりましたとな。で、どうするんだ。出るさ、出てやるさ。しかし、おまえ。大丈夫、心配するな。十二月第一週の番組を見てくれ。俺は堂々と喋ってみせるからな。だけど、おまえ。ふん、課長も部長も泡を喰ってやがる。いまから俺を吊るしあげだ。しばらくは会えんかもしれん。そっちも気をつけろよ。おい、辻、ちょっと待て。じゃあな。

ブーッともう一回鳴り、同時に受話器を置く音が耳のなかで響く——

その短い会話が、日高の頭にこびりついている。仕事中も退社してからも、切れめなく彼の頭のなかで繰り返されている。

「報道の辻さん、お願いします」

会社にいる間、ほとんど三十分置きに、日高は電話を入れてみた。しかし、数分待たされての交換手の答は、常にこうだったのだ。

「申訳ありません。ただいま、辻は席をはずしております」

だから日高は、サラリーマンとしてのつきあい上ことわりきれずに飲みに寄り、ここが三軒目というこのバーの片隅で、小山の話に相槌(あいづち)をうちながらも、そのことばかりを考えつづけていたのである。

だが、それはいま断ち切られた。

「ちえっ、会社のやつらは今夜に限って誰も顔を出さないしな」

小山がもう一度舌うちをし、ビールを手酌でついで、瓶をゴンと音をたてて置いている。

「おまえは、人の話に上の空で返事をしやがるし。へっ、おもしろくもないよ」

日高は、とりあえずいまはこの男に話を合わせておかなければならないのだと思いなおし、頭のなかの辻の声を消そうとするように、首をふって言った。

「すまん。ちょっと気になることがあったんだ。だけど、話はちゃんと聞いてたぜ」

「ふん」

小山は鼻を鳴らし、ナッツをつまんで口に入れた。せわしなく嚙(か)みくだきながら、カウンターのなかのママを見つめている。

「なあ、それでその女がどう言ったって?」

機嫌を直させようと次をうながした日高に、その姿勢を保ったままこたえた。

「もう、いいよ」

「えっ」

「もういいって、言ってるんだよ」

それから視線を移動させて彼の顔を正面から見、皮肉っぽく言った。

「こういう話は嫌いなんだろう。レベルが低すぎて馬鹿馬鹿しくて、聞くのも嫌なんだろう」

「………」

「な、そうでございますと顔に書いてある。私は低級な同僚とは話をしたくもありませんてな」

「謝ってるじゃないか。少し気になることがあったんだって」

思わず語気を強めると、小山はニヤリと笑ってビールを飲んだ。コップを照明に透かすようにし、他人事(ひとごと)のようにつぶやいた。

「ああ、難しい話のできない人間は、酒の席でも相手にしてもらえないんだなあ」

コップを置き、右手を日高の肩にかけてきた。

「情けないよ、俺は。まったく、情けない」

「おまえ」

日高はその手を左手で肩からはずし、低い声で言った。

「俺にからむつもりか」

言ってからしまったと思ったが、辻の一件でいらついていた彼の心は、かえってその言葉を口にしたために、暴れだしたくなっていくようだった。不愉快になり攻撃的になり、日高は後にどんなしこりが残るのか考える余裕もなく、小山に突っかかった。

「え、どうなんだ。喧嘩を売ってるのか」

「………」

小山は驚いたように彼の顔を見つめ、しばらくじっとしていてから、へっと声をあげた。

「自分が悪いくせに、何を言ってやがる」

「だから、それは謝っただろうが」

酒が入っているためだろうか。それとも、俺はいま相手かまわず喧嘩をしたがっているのだろうか。辻のことでいらいらしているために。

思いながら、日高は言葉をつづけた。

「だいたい、俺は今夜は飲みたくないと言ったはずだ。それを無理矢理ひっぱりまわしておいて、ちょっとそっちの話に乗らなかったからといって」

「ちょっと乗らなかっただと？」

小山は表情を険しくした。

「はっ。ちょっとどころか、おまえは全然俺の話に乗ってはこないじゃないか。それも今夜に限らず、いつもいつもな」
「そんなことはない」
「ある。あるとも。おまえは俺を馬鹿にしてるんだ。そうに違いない。何をいつもくだらん話ばかりと思ってやがるんだ。ふん、そっちこそ何だ、妙に難しそうなことばかり言いやがって。自分を何様だと思ってやがる」

声が高くなり、他の客達とママが二人を見た。日高はそれに気づいてふと恥しく思い、肩に入った力をぬいて、水割りを舐めた。

その姿を自分の言葉の効果とうけとめたのか、小山は攻撃に転じてきた。
「ふん、何が趣味は読書だ。偉そうにするな。おまえだって、俺と同じただのサラリーマンの平社員じゃないか。それが何だ、学者か評論家でもあるまいに、わかったようなことばかり言いやがって。気分悪いよ」

どうにもつきあいきれないな、こいつと俺とは人種が違うのだ。日高は思い、そういう男とも同僚だというだけで酒を一緒に飲まなければならない自分の立場を腹立たしく感じた。くそ、これがつきあいというものなのか。こういう男とも同席して騒がなければ、仕事が円滑に進められないというのか。

彼は、どなりだしたい心を押さえて、無表情に言った。

「そう思うなら、なぜ酒に誘った」

「ふん」

小山はビールを飲みほしてこたえた。

「言いたかないが、会社員だからな俺も。青二才の学生か仙人ならいざ知らず、俺たちは人とつきあわずには暮していけないんだ。

へっ。おもしろくもない相手ともな」

悪酔いしているのだな、こいつは。サラリーマンとしては「損」にしかならないことを面とむかって口にするなんて。

日高は思い、しかしさっき自分も後のしこりを考えずに突っかかったことを思い出して、ますます不愉快な気持を強めていった。

えい、こうなればはっきり言ってやる。

彼はゆっくりと口をひらいた。

「無理してつきあってくれなくてもいい。俺はそんなことで仕事上のネックがうまれるとは思ってはいないんだからな」

「………」

小山は眼を見ひらき、日高を見つめた。顔が紅潮し、口が半分ひらいている。

「そうか、それでわかった」

やがて、うなずいた。

「やっぱり、おまえは俺を心のなかで見下していたんだ」

日高はこたえず、煙草を抜き出して火をつけた。黙ったまま、指の間にそれをはさんで煙の細くのぼるのを見つめている。

「いいだろう、おもしろい」

力みかえって、小山が言った。

「俺もおまえなんかとはつきあいたくない。いままで同僚だと思えばこそ」

「そうではないだろう」

かぶせるように、日高は切り返した。

「虫の好かん奴だから、平サラリーマンのくせに難しそうな本なんか読んでやがるから、それが眼障りでかえって気になって、自分と同じことをさせようと思ったからじゃないのか」

吸った煙をふっと乱暴にカウンターに吹きつけ、彼は断言した。

「つまりおまえは、俺が自分とは違うタイプの人間だから気にいらんのだ。そういう人間はどこにでもいる。ケツの穴の狭い人間はな」

「へっ」

小山は声をあげた。

「うぬぼれるのもいい加減にしやがれ」

「うぬぼれてなんかいない。事実を言っただけだ。そっちが勝手に卑下してるんじゃないか」

ふと気がつくと、むこうの隅の中年男が、ママを呼んで何か喋っているところだった。チラッチラッと日高に視線を走らせて額に深い横皺を入れ、暗い小さな眼を彼女にむけてわずかに口を動かしている。

「……極東ハウジングの日高さんと小山さん……」

ママの声が耳に入った。あの男、俺たちのことを質問しているのか。なぜだろう――思った日高に、同じくその声を耳にしたらしい小山が一瞬表情を緊張させ、ついでわざとのように声を高くして言った。

「ああ、卑下しているさ。俺はごく平凡なサラリーマンだからな。おまえみたいに難しいことは全然言えないし、わからない」

ニヤリと笑って立ちあがった。

「いまでも覚えてるよ、あんたが工場から来てしばらくの頃に言ったことをな」

チラリと中年男を見てつけくわえた。

「原子力潜水艦がなぜ悪い。核兵器がどうして悪なんだってな」

日高を見おろし、彼は笑いを消して言った。

「そういうことは、俺にはさっぱりわからない。感心しましたよ、あんたの頭脳には」

ふんと鼻を鳴らして、ドアに手をかけた。

「こういう人間とつきあうのは嫌らしいから、お先に帰らせてもらうぜ」

ドアをひらいて外に出、カウンターのなかで不思議そうな顔をしているママにちょっと手をあげてみせてから、彼は念を押すように言った。

「偉いよ、おまえは」

「…………」

ドアの閉る音を背中で聞き、日高は黙って肘をついた。片手でグラスを持ち、ちびりと水割りを舐めて考えた。

とうとう同僚に事実上の交際拒否宣言をしてしまったな。月曜からはもっと嫌な雰囲気になるのだろう。少し大人気(おとなげ)なかったか。しかし、俺は今夜はかなりいらいらしていたのだな……

「そうだ、辻だ。あいつはどうなったのだろう」

突然、その原因を思い出し、日高は煙草をもみ消して立ちあがった。

「家に帰って、やつのマンションに電話をしてやろう」

若い男女はあいかわらずひそひそ話をし、二人連れはポルノ雑誌をひろげて馬鹿笑いをしている。

「あら、お帰り？」

ママが寄ってきた。

「小山さんと喧嘩したの」

「いや」

こたえて彼は思った。それにしても、あいつはなぜ突然帰って行ったのだろうか。それも、取ってつけたように古い話を持ち出してから……

そんな彼を、あいかわらず額に横皺を入れながら、隅の中年男が暗い小さな眼でじっと見つめているのだった。

2

「いったい、どこへ行ってるんだ」

日高はつぶやいて受話器を置いた。

「やっぱり出ないの」

ソファに坐り、読んでいたグラフ雑誌から眼をあげて加代子が聞いた。

「ああ、全然だ」

天板がガラス製の低いテーブルをはさんでむかいあって坐り、日高は腕を組んだ。

日曜の午後、団地のリビングルームで、妻は家事が一段落しての休憩をとっており、夫は金曜の夜以来いまだに通じない友人への電話をかけつづけているのだった。

「取材か何かで出張してるんじゃないの」

加代子が、さすがに心配そうに雑誌を閉じ、しかし日高が考えているほどには切迫した考えを持てないらしく、思いついたように言った。

「きっとそうよ。だって、いくら番組に出てくれと言われたからって、何も」

「昨日の電話だけど」

その言葉をさえぎって日高は質問した。

「本当に何も言わなかったのか」

「ええ、日高でございますって言ったら、しばらく黙っていて、そのまま切れてしまったのよ」

昨日、すなわち土曜の午前中、日高がまだ眠っているときに、妙な電話がかかってきたのだった。公衆を使ってかけてきたらしく、ブーッと鳴って街の騒音が入り、そして加代子が名乗ると切ってしまったというのである。

ひょっとして、それは辻からの連絡ではなかったのか。日高は思い、マンションへのほとんど一時間おきの電話を再開した。しかしそれはまったくつながらず、今日、日曜の正午からの三回も徒労に終っているのである。

「辻さんじゃないと思うわ」

加代子が言った。

「きっと、単なる間違い電話よ」

「そうかな。しかし、それなら何か言うだろう。すみませんとか何とか」

「言わない人だっているわよ。エチケットを知らない人が」

加代子は首をかしげ、隅の電話機を見つめてから、ハッとしたように日高を見た。

「どうしてそんなに気にするの。何か、辻さんのこと以外に、気になることがあるの」

「いや……」

日高は言葉を濁した。

「別に何もないけどな」

だが、無論それは嘘だった。彼はその電話が辻からのものでなければ、あの男からの住居確認ではないかと考えているのである。

あの男とは、つまり金曜の夜バーにいた中年男である。

そうか――と、彼は帰りの電車のなかで、小山の捨て科白の意味に思いあたったのだ。

「あの男がママに俺たちのことを聞いているのを見て、やつは我が身の安全を図ったのだな」

小山の巧妙かつ陰険な狙いに気づき、歯がみをしたい気持で拳を握りしめたのである。

あいつは、と彼は考えた。

あいつはあの中年男がひょっとして番組に自分たちを推薦するかもしれないと感じ、あわてて俺を楯に仕立てあげたのだろう。楯がそのまま犠牲の羊になってもかまわないと思い、いやそれどころか、そうなれば俺とやつとの関係において自分の「正しかった」ことが証明できると考えて、推薦者ならば必ず喰いついてきそうな餌を投げて姿を消してしまったのだろう。くそ、どこまで卑しい男なのだ……

「しかし、何もあの男が推薦者であるとは限らないんだからな」

日高はそうも考えて、安心感を得ようとした。だが、辻がどうやら社内の同僚の誰かから推薦されたらしいことを思い出せば、その何倍もの不安感が彼の心を占領してしまうのだった。

番組が開始されてからすでに一年近くが経過したいま、街に推薦者という名の密告者が自然発生し、あふれていることは、充分推測できるのだ。

「何区何町の何某氏が非常にユニークな意見を持っておられます。ぜひとも番組で取りあげていただきたいと思い、御連絡を差し上げたのですが……」

辻の話によれば、公共考査機構に電話を一本入れるだけで、彼は推薦者として登録され、何某氏出演が実現した場合には、謝礼の金一封を受け取ることができるというのである。

しかも、公式的にはこれら自発的推薦者も金一封も存在せず、考査機構の係員が出演者を捜して交渉しているという建前になっているため、彼らの名前は一切公表されることがない。安心して、番組に「協力」することができるというのである。

「まったく巧妙な手さ」

一カ月前、マンションで辻は言ったのだ。

「私怨をはらそうというやつが協力する。煙草銭の欲しいやつが協力する。それらをすべて受けておいて、そのなかから機構が最もひっぱり出したいやつを選んで出演させる。するとどうだ、その結果を見つづけるうちに、やつらはどういう人間を推薦すれば当たりが多いかを覚えてしまい、その意に沿うような人物を捜すようになったというんだ。常連推

「………」

泣きだしそうにゆがんだ顔で日高を見つめ、加代子は一瞬ためらってから防犯チェーンをはずした。鉄と鉄との擦れ合う音が耳に大きく入ってくる。ドアをひらき、訪問者を入れながら、彼女はまた同じことを言った。

「あなた、何をしたの。どんなひどいことを言ったの」

辻から聞いた番組の内幕を教えたとき、加代子は半信半疑の様子だった。まさか公共放送がそんなことをとか、何でも悪く受けとめ過ぎなんじゃないのなどと言っていたものだった。しかし、それは無関係な第三者の立場にいたからこその感想であり、自分や自分の夫はごく普通の市民なのだという前提を疑わないで暮していたゆえにこそ抱けた、楽観論だったのだ。

しかし、いま眼の前に公共考査機構の者と名乗る男が立ち、その男から他の誰でもないあなたの夫を番組に出演させたくて来ているのだという事実を知らされた途端、彼女は番組に関するすべての知識を悲観的な方向に並べかえ、恐怖を感じて立ちすくんでしまったらしかった。すなわち、第三者から当事者になったのである。

「お邪魔をいたします」

紺のスーツをきちんと身につけ、端整な顔だちをしたその男は、儀礼的に頭を下げて玄関に足を踏み入れた。

「あ、あの」

加代子が片手を作りつけの下駄箱について、あえぐように口をひらいた。

「主人が、何か悪いことでも……」

「いえ、別にそういうわけではありませんよ」

男はこたえて、名刺を差し出した。

「私、藤村と申します」

「は、はあ」

彼はそんな加代子を見てニヤリと笑い、ついでわざとらしく明るい声を出してみせた。

「奥さんも、どうやらあの番組を誤解なさってらっしゃる御様子ですね」

「い、いえ、誤解だなんて決してそんな」

「それは嬉しい。いや、どうも近頃、あれを誤解される方がふえてきましてねえ」

その理由の見当もつかないという顔で、藤村は快活に言った。

「皆が考えなければならない問題を、その代表に出ていただいて提示してもらい、それを皆で考えて判断していく。有意義なことですのにねえ」

「え、ええ、そうですわ」

「国民すべてが、身近なことから政治経済社会に至るまでの問題を、毎週いくつかずつ考え、判断していく。知的な、民主的な、公共放送ならではの番組ですのにねえ」

「ほ、ほんとうにその通りですわ」

加代子はがくがくとうなずき、身体（からだ）をひいて男をあげようとした。

「狭い所ですが、どうぞおあがりください」

「待て」

しかし、日高がそれを制した。押しつけがましい藤村の態度、その慇懃（いんぎん）無礼さに我慢がならず、ムラムラと戦闘意欲が湧いてきたからだった。脚はすでに震えを止めている。彼は低い押し殺した声で言った。

「わざわざあがって貰わなくても、そこで話はできるだろう」

「あなた、何てことを言うの」

加代子が叫ぶように声をあげて彼を睨（にら）みつけ、男に媚（こ）びるようなことを言った。

「せっかく日曜日にも働いて、世の中を良くしようとしてらっしゃる方に」

ふりむいて愛想笑いをした。

「どうぞ、どうぞおあがりください。主人はちょっとお友達の心配事があってイライラしていますので、ついあんな失礼なことを」

「そうですか、それでは」

藤村は平然とこたえ、物慣れた様子で靴を脱いだ。

くそっ。日高は思った。すでに俺を捕えた気でいるのだな。どうにも反抗できないと考えて、自信満々に出演交渉を進めるつもりなのだろう。だが、そうはいかないぞ。そうはいくものか。俺は、おまえのひろげる網を破ってやる。

ズタズタに引き裂いてやるぞ……

しかしそれにしてもと、彼は一瞬疑問を感じていた。

加代子のこの態度は何だろう。これで俺が見逃されるとでも思っているのだろうか……

3

「なかなか結構なお住まいですね」

ソファに腰をおろした藤村が、むかいあっている日高を無視するように、キッチンの加代子の後姿に声をかける。

「……………」

日高は無言でその横顔を睨みつけている。

加代子がふりむいて、とってつけたように言った。

「あの、ウイスキーか何かお飲みになりますか」

「いえ、結構。勤務中ですから」

「あ、ああ、そうでしたわね」

落胆と不安のいりまじった声でつぶやき、紅茶ポットに手をのばしている。

俺が出演する必要はありませんとこの男に言ってもらいたくて、あれこれ気を遣いおどおどしているのだろうか。日高はそんな姿を見て考えた。それによって、自分の夫の社会的な信用や立場を守ろうとしてくれているのだろうか。それとも……

「実は、昨日の午後にですね」

日高の思いを断ちきるように、藤村がいきなり話を仕事の方へと持っていった。

「ぜひとも御主人に出演していただきたいという当方の意向が固まりましてですね。それでこうしてお願いにあがったわけなんですが」

「当方の意向だと?」

日高は問い返した。

「嘘をつけ。外部からの電話が入ったからじゃないか。この団地にこういう男が住んでいるという、密告の電話がな」

「電話？　密告？」

相手は眼を丸くしてみせた。

「それはいったい、何のことですか」

「ごまかさなくてもいい」

日高は声を高くして言った。

「手の内はわかっているんだ。公式説明なんか聞きたくもない」

「あなた、いきなり何をどなりだすの。失礼じゃないの」

加代子が紅茶を運んできてテーブルの上に置き、トレイを持ったまま言った。

「あの、それで」

カーペットの上に正座をし、不安気に藤村の顔を見あげて聞いた。

「この人が何を言った、いえ、どういう意見を持っているから機構のリストに入れていただけたんでしょうか」

馬鹿、何という情けない物の言い方をするのだ。人狩りにやってきた男に、そんな言葉を遣う必要はないのだぞ。

歯がみする日高にはかまわず、藤村は紅茶カップに手をのばし、感心したように首をふった。

決めつけるように言った。

「常識以外のことを言ったからさらし者にする、文句を言わずに出頭しろ。そう、はっきり言ったらどうなんだ」

「おやおや、やっぱり曲解なさってる」

藤村は大袈裟（おおげさ）に驚いてみせた。

「よろしいですか、あの番組には何もそんな懲罰的な意図など、これっぽっちもないのですよ。ユニークな考えをお持ちの方を当機構が見つけ、それを発表していただく。そしてそれに対しての賛否を、御覧になった皆様が示される。ただ、それだけのことじゃありませんか。意見を述べ、考え、判断する。これが私達国民一人ひとりにとってどれだけ大切なことか、あなたもよくおわかりでしょう」

公式見解を述べたてるその鉄面皮の奥に権力を感じ、日高はさえぎった。

「じゃあ、質問させてもらうが」

「何でしょう」

「機構の予算はどこから出ている。あんたたちの活動費や新聞告知のための莫大な料金は誰が出しているんだ。政府の機密費か何かだろうが」

「とんでもない」

藤村は、心底意外そうに眼を丸くした。

「経費はすべて寄付でまかなっています。国民や団体や企業からの善意の寄金です。それに新聞の告知料金は、各社さんの御好意で格別に割安にしていただいていますしね」

彼は念を押すように言った。

「寄付をいただいた方のリストは、ちゃんと公表しておりますでしょう。御存知ないんですか」

無論、毎週金曜日の新聞をひろげれば、告知欄の隅にその名前や団体名が明記されている。立派な、文句のつけようのない、まさに国民の総意を示すようなリストなのだ。

だが、そんなもの、作ろうと思えば――

「政府の機密費などと、誰がそんな根も葉もないことを言ってましたか」

藤村はじっと日高を見つめ、それからひとりうなずいてつぶやいた。

「そうですか。あなたもあの番組をカメガルー・コートだと言いふらしている、そんな連中のお仲間なのですか」

「違います。この人はそんな悪い人たちの仲間じゃありません」

加代子が涙で顔をくしゃくしゃにして叫んだ。

「おまえは黙っていろ」

日高はどなり、藤村にむきなおった。

「僕はそういう人たちとのつきあいはない。しかし、信頼できる友達がその言葉を教えてくれたことがある。そしてその実態もだ」

ほほう、それで――という表情で、相手はかすかに顎をあげた。

「そして、僕はその男の教えてくれたことが本当だと思う。一昨日から今日にかけて、その気持はますます強くなってきた。そしていま、あんたを見ていて確信した」

日高はそこで言葉を切り、ゆっくりと言った。

「あの番組は、カメガルー・コートだ」

わっと声をあげて加代子が泣き伏した。これで百パーセント出演が確定した、そう思って絶望的な気持になったからに違いない。

「なぜ、そう思われるのですか」

チラッと加代子に視線を走らせ、藤村は言った。

「奥さんを悲しませてまでそうおっしゃるには、確かな理由がおありなんでしょうね」

「勿論、ある。いくらでもある」

彼は自分が番組を見た感想と辻から聞かされたこと一切を思い出し、正面から相手を見すえた。言ったからといって藤村がそれを認めるはずもないことはわかりきっていたが、言わなければおさまらない気持になったのだ。

「まず第一に、出演が強制的だ」

「とんでもない。私はこうしてお願いにうかがっている。お嫌なら、お断わりになっても結構なんですよ」

「断われば、それはかえって自分を不利な立場に追い込むだけなんじゃないか」

対決だ。日高は思い、大きく息を吸って藤村の反応を待った。

4

「不利にねえ」

藤村はつぶやき、上着の内ポケットから手帳を取り出した。パラパラとめくって白紙の部分をひろげ、鉛筆を抜いて芯をちょっと舐めている。

俺の言うことをメモに残すつもりか。日高は瞬間恐怖を感じたが、立派に喋ってやるという辻の言葉を思い出し、自分もそうしなければならぬのだと自らを励まして口をひらいた。

「そうだ、不利にだ。私刑の、しかも欠席裁判にまわされてしまうのだからな」

出演を拒否すれば数枚のフリップカードで処理され、そこに住所氏名年齢と勤務先、そして顔写真かあるいは極端に誇張された似顔絵を加えられる場合もあって、彼の「人物」と「思想」とが示されるのである。

たとえば日高が覚えている例では、こういう具合にである。

『え、それでは次に、御本人が御都合がお悪いということでしたので、私がかわって御紹介いたしましょう。北区赤羽西にお住いの鳥塚孝雄さん、はい写真が出ましたね。この写真は鳥塚さんの大学時代のお友達から拝借した物なんですが、現在は二十八歳で独身、ルポライターをなさっておられるそうです。で、この鳥塚さんなんですが、先日こういうことをおっしゃってらしたそうです。馬鹿は大学へ行く必要はない。馬鹿は、大学へなど行く必要はない。さて皆さん、このお考えについてどう思われるでしょうか。賛成の方は局番なしの825、反対の方は826を押してください。例によって、北海道地区の方から、はいどうぞ』

するとその画面を見、アナウンサーの紹介を聞いていた北海道地区のモニター数万人が、プッシュ・ホンの送話器をとり、825または826のボタンを押すのである。

その瞬間、回線の自動切り換えによって電話機ではなく投票端末器となったそれは、放送センターのビッグコンピューターに賛成あるいは反対の信号を直送し、それはそのまま副調整室の液晶数字パネルに実数となって表わされるのである。そして得票数として画面の下三分の一にダブらされるのだ。

「ははあ、賛成8反対2992ですね。さあ、それでは次の地区ではいかがでしょうか」

直結回線は東北地区専用に切り換えられ、同じ作業がくり返される。

「皆さん、大切な問題です。よく考えて押してくださいね。はい、どうぞ」

こうして九州から沖縄地区までの視聴者代表、司会者に言わせれば国民の代表である彼らがその意志を表明し終えたとき、彼の考えは、圧倒的多数の反対を受け、無言のうちにその「誤り」の判定を下されているのである。

それはそうだろう。馬鹿は大学へ行く必要はない——これだけ聞かされて、そうだそのとおりだとうなずく人間など、そう何人もいるはずがない。これはもともと、答のわかりきっている設問なのである。

しかもそれを、本人に真意説明させることなく、一方的に片づけてしまう。

出演を辞退なさるのは本人の自由です。しかし、ぜひこの意見を公表し、国民の判断を聞かせてほしいと望む推薦者の希望も無視するわけにはいきませんので——というのが、機構及び放送側の欠席裁判に関する公式見解なのだが、無論、そんなものはこじつけた理屈に過ぎない。

視聴者にとっては、出演拒否イコール自分にやましいところがあるからだという印象しか残りはしないのである。また、そう思わせるように、司会者がそこにいない彼をからかったり必要以上に驚いてみせたりもしているのだ。

「これが不利でなくて何だ」

そう言うと、藤村はメモしていた手帳から顔をあげ、平然とこたえた。

「それは御主人、悪く考えすぎですよ」

それから、いかにも感心したように首をふった。

「しかし、そう思われるような雰囲気があの番組に少しでもあるとすれば、これは問題ですね。いや、貴重な御意見をどうも」

軽く頭を下げ、それをあげたときには、彼は反撃を開始しているのだった。

「でも、やましいところがないのなら、堂々と出演して、自分の思うところを主張されればよろしかろうと思うんですがねえ」

感心したそぶりは、これを言うための伏線に過ぎなかったのだ。

申しひらきがあるのなら、お白洲でせい。

彼の言いたいことは、まさにこの一言に集約されているのである。

「カメガルー・コートだと思う第二点は、その考え方だ」

日高は、正面から藤村を見すえて言った。

「思うところを主張して、それが受け入れられるような問題は、そもそも初めから採りあげられてはいないじゃないか」

藤村は見つめられても少しも動揺せず、問題採用の公正さを述べたてた。

「そんなことはありません。それはあなたの思い違いですよ。現に賛成多数で支持された考えも数多くあるのですからね」

「それは一種の餌だ。番組の狙いをごまかすための、店頭に飾るデコレーションケーキじゃないか」

一時間の番組中、ひとつふたつは支持される意見も確かに出てくるのだ。主婦だという女が、子供の安全のために大人がまず交通ルールを守りましょうと言い、大学教授が皆さんもっと本を読みましょうと呼びかけ、爺さんがもごもごと、老人をいたわりましょうと訴えかける。そしてそれらの意見は、圧倒的多数の賛成票を獲得するのである。

だが、そんなことは当然であって、これももともと、答のわかりきっている設問なのである。

つまり彼らは、雇われ出演者なのだ。どんな報奨制度ができあがっているのかはわからないが、彼らは雇われ言いふくめられ、できあいのデコレーションケーキを、いかにも自分でこしらえたそれのごとく見せびらかして、甘いか辛いかを問うているに過ぎないのである。

そしてそのケーキ以外は、すべて機構の人間と自発的密告者によって狙い射ちされた、苦い考え、辛い意見、渋い思考の目白押しなのだ。

しかもそれらは、彼らの手によって歪曲（わいきょく）されカットされ、「馬鹿は大学へ行く必要はない」といった、単純明快な暴論に仕立てあげられてしまう。

司会者からそう紹介されたあと、いったい彼はどうやって自分の真意を伝えることができるというのか。

怒りにふるえながら弁明すれば、視聴者はその怒りを自分達に対する挑戦だと受けとってしまう。なぜなら、番組に出ていること自体正統ではない証拠だと思える彼が、司会者が紹介した確かに異端と判断できる考えについて、生意気にも自分たち健全な人間に対して意見をするごとく、無知蒙昧（もうまい）を糾弾する口調で喋っているかに見えるからである。

リンチの現場で、被害者が怒りに燃えてその理不尽さを指摘すればどうなるか。あるいは公正な第三者が、彼を弁護してやればどうなるか。

内心、自分たちの正義が危うくもろいものであることに気づいていればいるほど、群衆は一層、彼や弁護者に迫害を加えるに違いない。

そうして彼らを抹殺してしまわなければ、逆に自分たちが悪になり、裁かれるからである。

こうなった場合、怒ること自体が、彼に対する群衆の攻撃理由に転化してしまうのである。

では、怒りをこらえて、淡々と順序立てて弁明すればいいのではないか?

だが、それは不可能なのである。

「番組進行の都合上」一人の発言時間は、わずか三分に制限されているのだ。たった三分間、ほんの百八十秒間。公共放送標準朗読スピードでいえば約千二百字余りしか喋れない持ち時間で、物事を順序立てて説明できるわけがないのである。

つまり番組は、答のわかっている設問について、弁明不可能な状態で異端者にその説明をさせる、犠牲者製造装置なのである。

なんのためにかはわからないが、表面上の目的はただそれだけなのだ。

「どうだ、違うか」

日高が詰めよる気持で聞くと、藤村は手帳を閉じ、チラリと眼をあげてつぶやいた。

「どうも、困った人だなあ」

「何が困っただ。真実を言いあてられて、困るのはそっちだろう」

「いやいや」

彼は、わざとらしくため息をついた。

「そう何もかも悪く解釈されたら、こちらの立つ瀬がない。三分間云々（うんぬん）の件だって、それを補うために、新聞に詳しく意見を発表してるじゃありませんか」

金曜の朝刊の全七段、そこに翌日の出演予定者の意見は確かに掲載されている。

だが、びっしりと並んだその活字を、いちいち読む人間が何人いるか。平均すれば一回の出演者は五人余り。日高に言わせれば、その各人の意見を見出しもつけずに列挙して、初めから終りまで読む奴がいればお眼にかかりたいのである。

「あれは選挙公報と同じだ。出ているだけで、読まれてはいないのだ」

「ほほう」

藤村は眉をあげた。

「そんなことをおっしゃって、よろしいんですか」

茫然（ぼうぜん）としている加代子を意識し、彼女に聞かせるように、彼は言った。

「あなたはいま、主権者たる国民大衆を馬鹿になさっているのですよ。資料も読まず、感情的な条件反射で他人を選別する群衆だと、こう言われたんですよ」

「………」

日高は藤村を見つめ、そして言った。

「その通りだ。僕は、そう思っている」

「あなた、何てことを」

加代子が飛びあがるように上半身を起こし、彼の胸ぐらをつかんでゆさぶった。

「謝りなさい。この人に、早く謝りなさい。そして、いまの言葉を取り消すのよ」

「嫌だ」

日高は加代子の手を払いのけた。こうなればもう、何を言おうと一緒なのだ。とにかく自分が「選ばれた」ことに変更のしようがないのなら、言うだけのことは言ってやる。

「来週だか再来週だかに、僕の友人が出演させられることになっている」

彼は藤村に言った。

「そいつを裏切るような真似はしたくはない。僕はいまの言葉を取り消しはしないぞ」

「ほう」

相手は初めて、驚いた表情を示した。

「それは、何というお名前の方ですか」

「辻だ。辻正次。本当のことを言っただけで、密告された男だ」

「密告とはひどい」

藤村は、しかしすぐさま元のにこやかな、つまりは職務上の顔に戻って言った。

「それにしても……そうですか、あの辻さんとあなたとはお友達だったのですか……。いや、ユニークな方はユニークな方どうし、おつきあいをなさってられるんですねえ」

辻のことをすべて知っているのだな、この男は。日高は思い、ひょっとしていま自分に対しているのと同じ顔でこの人物が辻の職場に入ってゆき、同僚も上司もいるその眼の前で、彼に出演依頼を始めたのではないかと考えた。残酷な、情けを知らぬやり方だ。

「そういえば」

藤村は、日高の刺すような視線には無頓着に、例のごとく頬だけで笑って言った。

「辻さんの意見とあなたの御意見とは、どことなく似通ったところがありますねえ。つまり、皆が同情したり反対したりしていることに、異を唱えるという点がねえ」

「常識に逆らっている奴は異端者だと、はっきり言ったらどうなんだ」

「いえ、何もそうは言っていませんよ」

彼は軽く手をふった。

「異を唱えるところから、進歩や発展がうまれることもありますからね。むしろ、そういう方向にこそ、我われは番組の目的を求めたいわけでして」

くそ、よくもぬけぬけと進歩や発展などという言葉を。日高は拳を握りしめ、奥歯を噛みしめて藤村を睨みつけた。この、鉄面皮の岡っ引きめ。自らを絶対正統者の立場に立たせている思想検事めが。

「それなら言ってやろう」

日高は、安全ピンを抜いた手榴弾を投げつける気持で、語気を荒くしてまくしたてた。

「いまでも覚えている。僕が原子力潜水艦がなぜ悪い、核兵器がどうして悪だと言ったのは、それなら通常潜水艦や通常兵器は悪ではないのかという疑問を込めてのことだったのだ。核兵器は悪だと誰もが言う。では、そのどの部分が悪なのかということだ。一度に大量に殺すからか、それとも生残った人間にも白血病だの遺伝子破壊だのの後遺症を残すからか」

藤村はニヤニヤと笑っており、加代子は呆然として彼を見つめている。

「だが、大量に殺すのが悪いというのなら、それは核兵器だけの話ではないだろう。一度にというのも妙な論で、じゃあ少しずつならいいのかということになる。戦闘員非戦闘員の区別なく殺すという問題も、核兵器に限ったことではない。とすると、生存者への悪影響ゆえの悪か。しかしそれならば、限定区域で一人の生存者も残すことなく使う分にはかまわないという言いぬけが出てくるだろう。つまり僕は、皆がただもう感情的に悪だ悪だと言っているから、ではそのどんな点が本当に核ゆえの悪なのか、そこをつきつめようとして、議論のきっかけとしてなぜ悪だと言ったわけなのだ。そしてその奥には当然、核以外の兵器に対する不感症状況ができてしまっているのではないかという疑問があったのだ。そういう意図で議論をしようとしたのに、それがさえぎられ、そしていま頃になって一部分だけをフレーム・アップして取りあげられるとは、いったいどういうことだ。これがあんたの言う、進歩や発展を求める番組の狙いということなのか。え、どうなんだ」

だが藤村は、投げられた手榴弾を、いとも無造作につかみあげ、別の方向へと軽く転がしてしまった。

「いや、実におもしろい。そういう意見をこそ、私たちは採りあげたいのです。どうぞ、カメラを通して、視聴者の皆さんにその問題を提起してください。お願いいたします」

日高は荒々しく立ちあがり、彼を見おろして言った。

「お望み通り、出演してやろう。覚悟はたったいまできたんだ」

「覚悟だなんて大袈裟な」

藤村も立ちあがり、スッと頬の笑いを消して念を押した。

「出ていただけるんですね、いまの論を述べるために」

日高は宣言した。

「出てやる。いつでも出てやる」

「予定ではお友達の次の週、十二月第二週です。また、御連絡は差しあげますがね」

「ああっ」

声があがり、日高が見ると、加代子がふたたび泣き伏しているのだった。

5

「あなたって、ひどい人ね」

藤村を追い出すように帰らせ、音高くドアを閉めて日高がリビングルームに戻ると、加代子がカーペットの上に坐り込んだまま、放心したような顔でつぶやいた。

「ひどい？」

「そうよ。こんなひどい人だとは、思わなかったわ」

その意味がわからず、日高はソファに腰を降ろし、前かがみになって問い返した。

「それはどういうことだ。何がひどいというんだ」

「あなたもひどい、辻さんもひどいわ……」

加代子は視線を無関係な方向にむけ、鼻のつまった声でくり返している。

「おい、何がひどいというんだ」

「だって、そうじゃないの」

強くなった日高の口調に、一瞬で顔をこわばらせ、彼を睨みつけて声を高くした。

「どうして二人とも、そんなにひねくれたことを考えるの。どうしてハイエナだとか核兵器がなぜ悪いなんて、残酷なことを言うの」

「話を聞いていなかったのか」

ムッとして日高はこたえた。

「辻の意見についてはちゃんと説明しただろう。それに、俺の考え方についても、さっきあの男に」

「ええ、聞いたわよ」

みなまで言わさず、加代子は切口上になって、つっかかってきた。

「聞いたけれど、私には残酷だとしか思えなかったわ。ひねくれてるとしか受けとれなかったわ。世間の普通の人があんなことを言うなんてこと、ないじゃないの」

「………」

俺と辻とは、普通ではないというのか。本当のことを口に出せば、それだけでひねくれた人間だということになるのか。

日高は胸に甘酸っぱいものがひろがるのを感じ、どうしてわかってくれないのだと思って、加代子の顔を見つめた。

彼を睨み返しているその顔は、ついさっきまで泣いていた涙のあとが残り、まぶたが赤くはれあがっている。

醜い――と、瞬間、日高は思った。

思ってから、内心うろたえる気持で、その印象についての自問自答を始めていた。

なぜ、いま俺はこの顔を醜いと感じたのだろう。泣いたあとの顔だからか。まぶたがはれあがっているからか。それとも、髪の毛が乱れているからか。いや、そうではない。そうではなくて、この眼の表情が憎しみを……

「何よ」

彼の思考を中断させ、加代子が言った。

「どうして、そんな顔で私を見るのよ」

「いや……」

日高は眼をそらせてつぶやいた。

「残酷なんて言葉が出たから、何をどう言えばいいのかと思ってな」

まえに言ったことも忘れてはいない。このふたつは、別に矛盾した考えではないんだ」

「矛盾してるじゃないの。マイホーム主義が好きだと言った人が、それをぶちこわしてしまうようなことを言うなんて、まったく矛盾してるじゃないの」

「そうじゃないんだ」

彼は考え考え、ゆっくりと説明した。

「俺は仕事のために家庭を犠牲にしようとは思っていない。それを犠牲にするほど、サラリーマンの仕事に重い価値があるとは考えていないからな。といって、怠け社員になるのも嫌だという考えも持っている。怠けてもかまわんほど価値の無いものだとも思ってはいないからだ。サラリーマンの仕事ぶりは、その中間から少し勤勉努力側に寄ったあたりが、ちょうどいいのではないかと考えているんだ。多分、辻もそう思っているだろう」

「そんな話なんか、いま関係ないわ」

「まあ、聞け」

横をむいた加代子に、彼は言った。

「言いたいのは、俺も辻も、自分の生活のバランスを自分で取ろうとしているということなんだ。そしてそうしようと思えば、自分の周囲のこと、つまり世の中をよく見つめていなければならない。となりのやつがこう言っている、しかしそれは本当か。世の中がこう動いてきている、だがそれに身をまかせきっていいものか。常にそう考えてなければならないんだ。そして、仕事と家庭の関係ということについて考えた場合、俺は前に言ったような態度を取ろうと自分のバランス感覚で決めた。これは本当のことだ。だが、例の番組に関して考える場合には、さっきのような態度を取るのが正しいとしか思えないんだ」

「へえ、そう」

加代子は小馬鹿にしたように顎をあげた。

「それで、そのためには家庭を犠牲にしてもかまわないと自分で決めたのね」

「そういう言い方はするな」

日高は鋭くさえぎり、しばらく加代子を睨みつけてから、ふっと視線をそらせて言った。

「今度のことで、家庭が犠牲になるとは思ってはいない。むしろ、共同で敵に対することによって」

「勝手なこと言わないでよ」

加代子がどなった。

「共同の敵って何よ。あなたが作ってしまった敵じゃないの。あなたが自分で作って、自分でそのなかに飛び込もうと決めたことに、どうしてその迷惑をこうむる私が協力しなけりゃならないの。協力ってことを言うのなら、あなたこそ自分の言ったことを守るために、私に協力するのが本当じゃないの」

家庭というものに対する解釈がくい違っているのかな。加代子の言葉に日高は思った。いや、家庭以前の、結婚というものに関する解釈だろうか。だが、結婚前には、こんなふうに感じたことはなかったのにな。

「番組に出た人がそのあとどうなるか、辻さんから聞いた話を教えてくれたのはあなたなのよ。

職場でいびられたり、家族が近所から爪はじきされたりしてる例もあるって、私に教えたのはあなたなのよ。そのあなたが、自分だけじゃなく私もそういうめにあわされるかもしれないとわかってて、なお番組に出ると言う。だから協力しろ、共同して敵にあたろうなんて、勝手過ぎるわ。どうして、この先家族や親類や友達から白い眼で見られるかもしれない私が、そんな勝手な、男の英雄主義だのプライドだのに協力しなけりゃいけないのよ」

英雄主義か、と日高は思った。

それはそう見えるかもしれない。しかし、こんなことが英雄主義に思えるということ自体、番組が俗悪な証拠であり、この世の中がエセ大衆社会であることの証拠なんだぞ。なのに加代子、おまえはそういうことには眼をつむって「家庭」を守るために、俺に馬鹿になれと言うのか。小山に調子を合わせ、藤村に媚びろと言うわけなのか。

ならば加代子、自分の亭主にそうまでさせて守りたいおまえの「家庭」とは何なのだ。

おまえの「結婚」とは、つまりどういうものなのだ。

そう聞くと、加代子は即答した。

「安住じゃないの。それ以外に何があるの」

違う！　日高は瞬間、彼と加代子とのくい違いが明確にわかったと思った。

安住。それは確かにそのとおりだ。

だが、俺はそれを二人が緊張し努力しつづけてようやく保てる状態だと考えているのに対し、こいつは当然自分に与えられるべき前提であり、保証だと思っているのだ。

だからこそ、そのためには俺が節を屈することも要求するのだろう。

くそ、たった三カ月ほどで、こいつはこうも尻を落ち着け、心を寝そべらせてしまったのか。

何がマイホームだ。そんなマイホームなど、俺は求めはしなかったはずだぞ。俺はアワァホームをつくりたくて、おまえとならつくれると思って、結婚をしたのだぞ。

なるほど、確かにおまえにとってはマイホームだ。俺が辻を裏切り、小山に頭を下げ、藤村に哀訴して守れば、ここはおまえにとってはまずは安心の２ＬＤＫだろうさ。

しかし俺にとっては――

「もめてるんじゃないかという噂もあるからよ」

小山の言葉を思い出し、顔がカッと熱くなるのを感じて日高はどなった。

「そんな家庭など守る価値はない！」

そして、その日二度目の宣言をした。

「俺は出る。必ず番組に出てやるぞ」

第四章　包囲

1

「そうか、午前中に先方へ行って最終うちあわせをすませればいいんだな。そうしておいて、午後に計画書の決定稿を書くとするか」

月曜の朝、日高はその日の仕事の段取りを考えながら出社した。

金曜の夜から昨日の夜まで、彼の身辺に起こったさまざまなことを思い出せばとても平静ではいられないのだが、だからといって仕事の手を抜くわけにはいかない。それとこれとは別で、例の総合展示会の準備も、すでに詰めの段階にさしかかっているからである。

また、日高にすれば、仕事に熱中することで、少しでも腹立ちを忘れようという気持もあったのだ。妻の加代子は昨日夜遅くまでヒステリックに彼を責めつづけていた。それが今朝まで尾をひいて、結婚以来初めて、彼は朝食抜きで家を出てしまったのである。

「先方へ出かける途中で、モーニングサービスのコーヒーでも飲もう」

思いながら、日高はオフィスに入った。タイムカードを押し、自分の属する営業促進部のコーナーへと歩く。

「くそ」

だが、部長や課長や他の同僚とともに、むかいの席の小山がすでに出社しているのを見た途端、彼は忘れよう忘れようと押さえ込んでいた怒りの気持が、心のなかに一度にひろがるのを感じていた。

あいつが、あの男が、俺を売ったのだ。

日高は、チラッとこちらを見た小山を一瞬だけ睨むように見返し、視線をそらせて自分の席へと歩いた。

「おはようございます」

課長に挨拶し、そのまま椅子を引いて腰をおろす。

「あ、おはよう」

課長の下野はうなずいて、チェックしていたらしい書類に視線を戻した、奥の席の部長は新聞を読んでおり、他の同僚たちは、煙草を吸いながら伝票を揃えたり、茶を飲みつつ雑談をかわしたりしている。いつもながらの、始業前のひとときである。

「………」

日高は黙ってむかいの席を見つめた。

小山は日報のノートをひろげ、ボールペンの尻で紙面をゆっくりとつついている。

先週の自分の行動記録を読み返しているらしいのだが、それが随分と長い時間かかっている。

気にしているのだな、金曜の夜の自分の言葉を。そして、その反響を。日高は思い、こちらからはひとことだって声をかけまいと決めて、机の上の書類に手をのばした。

「例の展示会だけどな」

隣りの同僚が声をかけてきた。

「業界紙から問い合わせが来てるんだけど、どうしようか」

「そうだな」

書類をひろげて進行状況表を指で示し、日高はごく普通の口調でこたえた。

「今日で多分全体像が決定するから、それを正式な計画書にまとめて、週末か来週初めには公式発表ができると思うよ」

小山がチラッと顔をあげ、日高と視線が合いそうになって、また日報に戻った。

いまの彼の話しぶりから、休みの間に何かあったか、それとも何もなかったか、判断しようとしたらしい。だが、それだけでは見当がつきかねたのだろう、ボールペンをトントンさせながら、日報の先々週のページをひらき、首をかしげてまた先週の箇所に帰ったりしている。

「いまのその件だけどな」

下野が書類から顔をあげて言った。

「今日、午前中に片をつけてきてくれないか、先方へ出かけて」

「ええ、そうします」

日高はこたえた。

「午前中に決めて、午後から総まとめをと思っているんです」

「頼むよ」

下野がうなずき、小山はふうっと息を吐いてノートを閉じた。何もなかったと判断したのだろう、煙草を抜きだして火をつけ、大きく吸っている。

「ふん、気の小さい、ちゃちな悪党め」

視界の隅にその姿を捉え、日高は心のなかでつぶやいた。

「安心するのはまだ早いぞ」

機構員が家に来て、日高がその彼に対して出演宣言をしたと知ったら、どんな顔をするだろう。そして、どんな態度を俺に見せるのだろう。こいつのことだから、どうせ……

九時になって始業のチャイムが鳴り、壁のスピーカーが連絡事項を伝え始めた。

得意先に電話を入れて十時訪問の約束をし、日高は書類を事務封筒に入れながら、下野に言った。

「じゃあ、出かけてきます。昼には帰れると思いますが」

「うん」

信頼しきった顔で下野はうなずいた。

「部長と常務には、一応形が整ったと報告しておくよ」

「お願いします」

立ちあがろうとしたとき、思い切ったように小山が口をひらき、弱よわしい声で聞いてきた。

「すぐに出るのか」

「………」

日高は中腰のまま相手を見つめ、そして素気(そっけ)なくこたえた。

「ああ、出るよ」

立ちあがり、見おろして聞いた。

「何か用事か」

「え、うん、いや」

小山はどぎまぎした顔で周囲に気を配り、頰のあたりに無理に笑いをうかべて言った。

「十時と言ってたからな、約束は。だから二十分ほど、ちょっと、うちあわせをしようかと思って、その、つまり、先方へは三十分もあれば充分行けるだろうからな。お茶でも飲みながらと」

「うちあわせって、何のうちあわせだ」

日高は、小山とは対照的に、課員全員に聞こえるような声を出した。

「仕事のことか、それともプライベートな」

「いや、いいんだいいんだ」

小山はあわてて彼の質問をさえぎった。

「別に急ぐことじゃない。すぐ出るんなら、昼でもいいんだ」

隣りの席の同僚が伝票を持って立ちあがり、不審気なまなざしで二人を見てから、課長の席へ決裁印を貰いに行った。

「すぐに出る」

日高は、誰に聞かれてもかまうものかと思い、小山を見おろしたまま言った。

「途中で朝飯を食わなければならんからな」

「何だい、朝飯抜きかい」

日高の斜めむかい、小山の隣りに坐っている先輩社員が、電話に手をのばしながらニヤニヤ笑って口をはさんだ。

「嫁さん、寝坊したのか。まあ、休日明けだから無理もないがな」

「別に過ぎたわけじゃありませんよ」

日高はニヤリと笑い、彼の想像を訂正した。

「朝飯を食べさせてくれなかったんです」

小山がハッと表情を緊張させた。

「昨日、ちょいともめましてね」

「ま、たまにはそういうこともあるさ」

先輩社員は、プッシュボタンを押しながら訳知り顔にうなずいた。

「三カ月もたちゃ、もう新婚の甘い夢ばかり見ているわけにもいかんだろうからな」

電話がつながって仕事の話を始めた彼から視線を移し、日高は小山に言った。

「もめたんだよ、昨日な」

「………………」

小山は眼に不安の色をうかべて、彼を見あげている。

「昼間、お客さんが来てな」

「お客さん？」

「ああ、そうだ。どこから仕入れたのか、僕の何年も前に言ったことを知ってる人でな。それを今度たくさんの人に聞かせてやってくれと言ってきた」

「そ、それじゃ」

青ざめた小山の顔を見つめ、日高はニヤリと笑ってつけくわえた。

「いいでしょうとこたえてやったら、女房が怒りだしたんだ。わかるか、怒りだしたんだよ」

「………………」

茫然としている小山に、彼は低く、しかし強い声で言葉を投げつけた。

「どうだ、満足したか！」

そのまま席を離れ、ゆっくりと歩いて壁際のホワイトボードに近づいた。外出先を記入し、ふりむきもせず出口へと進んだ。

「俺は今日も仕事ができる。しかし、あいつは何も手につかないだろう」

出るときにチラッと見ると、小山は机の上に両手を置き、正面をむいたままじっとしているのだった。

午後の一時前、日高がオフィスに戻ると、同僚たちは食事に出かけて一人もおらず、課長の下野が新聞を読んでいた。

「話は決めてきましたよ」

近づいて声をかけると、ビクッとしたように顔をあげ、眼をきょろきょろさせてから日高を見た。何か言おうとして、口をもごもごさせている。

「何ですか」

瞬間でそのうろたえたような表情の理由がわかったのだが、日高は知らぬふりで笑顔をつくって聞いた。

「何かあったんですか」

「何かあったって、君」

下野はあえぐように言い、周囲を見まわしてから、声をひそめた。

「ば、番組にひっぱられたって、本当か」

「ああ、そのことですか」

彼は事務封筒を机の上に投げて席につき、淡々とこたえた。

「本当ですよ。小山君から聞かれたんでしょう」

「あ、ああ、そうだ」

下野は、日高の顔をまともに見ることができず、視線をせわしなく移動させながら言った。

「だけど君、本当ですよって、そんなに平気な顔をして。いったい、どういうことだ。あの、仕事を平然とやってるようだけど、そのあたりは」

彼はそこで言葉を途切らせ、ようやく日高の顔を見つめた。数秒間そうしてから、吐息をついた。

「えらいことをしてくれたなあ……」

「えらいこと？」

日高は、封筒から書類を抜きだしかけた手を止め、下野を見つめ返して聞いた。

「えらいことって、僕は何もしてませんよ。いきなり先方から押しかけてきただけです」

「だけど、君」

下野は、もう一度ため息をついた。

「見ず知らずの人間がいるバーで、危ないことをいっぱい言ったそうじゃないか」

小山はと、日高は思った。いったい、どういう話をこの課長にしたのだろう。自分がタネを播いたのだということは、これっぽっちも喋らなかったのだろうか。

「以前からちょいちょい、そういうことがあったっていうじゃないか。酔いがまわると」

「………」

日高は下野の言葉から、それを喋ったときの小山の心理状態を想像し、彼が必死に張りめぐらしたであろう防壁を思いうかべて、腹が立つよりも情けなさを感じだしていた。そして、その防壁を打ち壊すために自分が事の次第を一から説明し始めるのは、それ以上に情けない姿だと思った。

なぜ、俺がそんなことをしなければならないのだ。どうして、何もしていないこの自分が、信じてくださいと人の袖にとりすがらなければならないのだ。

第一、小山を眼の前に置いてそういうことを始めれば、彼も死に物狂いに防壁を守り通そうとしだすに決まっている。するとどうなるか。言葉の投げつけあい、不毛の口論、意地になっての水かけ論がエスカレートするだけなのである。そして周囲の者たちは、小山を卑怯なやつだと思う一方、俺を敬遠しておいた方が無難な男だとも考え始めるに違いないだろう。

リンチの現場で……と、日高は昨日藤村に言った自分の言葉を思い出した。

被害者が自分の正当性を叫べば叫ぶだけ……

そうだ。まさしく、いまはこのオフィスがその現場なのだ。俺が番組出演を宣言し、それが小山の口から周囲の者たちに伝えられたその瞬間、すでに俺に対するリンチは始められているのだ。すなわち、俺はもう同僚の一人ではなく、部下の一人でもなく、怪しげな、胡散臭い、つきあわぬ方が身のため、である「出演者」になってしまっているのだ。

「小山君が何を言ったかは知りませんが」

日高は、下野が自分のことをいまこの瞬間どう規定しているのだろうかと考え、確かめる気になってゆっくりと言った。

「僕は、自分にそんな酒癖があるとは思っていません。僕の喋ったことが危ないのなら、それは僕の生き方や物の考え方が危ないということでしょう。酒には無関係です」

「いや、それはまあ、酒というのは……」

下野は見つめられて顔を赤くし、机の上の新聞を意味もなく右手でこすりながら、もごもごとこたえた。

「君は仕事もよくやってくれるし、頭もいい男なんだが……つまりその……僕としては、そんなに頭のいい君が、なぜひっかけられるような」

言ってからハッと顔をこわばらせ、彼はますますうろたえるような表情になった。

「なぜ、こんなことになったのかと……」

善人だ、と日高は思った。この人は、からくりがわかっているとはいえぬまでも、あの番組がどこかおかしいとは感じとっているのだ。しかし、自分でも言っていたように、「気の弱さ」と「守りの努力」がまず頭を占領してしまうため、それには触れないでおこう、知らぬふりをしつづけようと考えていたのだろう。とにかく無事に、大過なく毎日を送れるのなら、嵐も頭を低くして通過させればいいと思っていたのに間違いはあるまい。とするならば、俺は出演宣言をしたことによって、この善人の頭を無理矢理あげさせてしまったということになるのではないか。

「申訳ありません」

そこに気づいて、日高は頭を下げた。

「課長のおっしゃることはよくわかります。僕はどうも、まだ青二才の空元気を出しすぎるようです」

「い、いや、そんなこともないけれど」

下野はあわてたように首をふり、しばらく黙ってから、ふうっと大きく息を吐いた。

「それにしても、えらいことになったなあ」

「はあ」

「報告せざるをえんからなあ、上に」

「………」

日高は下野の顔を見つめ、ぽつりと言った。

「切手を見せてもらえなくなりましたね」

「うん、いや」

下野は何か言いかけ、日高を見、口をひらきかけて、しかし結局何も言えぬらしく、弱よわしく視線を新聞紙面へと落とした。

入口のあたりから、同僚たちの喋りあう声が聞こえてきた。食事を終えての雑談に花が咲いていたのだろう。

だがその声が、コーナーを曲がったあたりでピタリと止み、無言のまま彼らがこちらに近づいてくるのを、日高は背中で敏感に感じとっていた。

「小山がひろめたのだな」

彼は思い、そしてつぶやいた。

「すでにリンチが始まっている……」

2

「そもそも、あんたは理屈っぽいんだよ」

リビングルームのソファに彼の妻、すなわち加代子の母親と並んで腰をおろし、父親は日高を睨みつけるようにして言った。

短く刈ったごま塩頭、寸づまりの顔に眼鏡をかけた彼は、自分の力で小さいながらも会社をつくりあげ維持しているのだという実績を背景に、小柄な、しかし肩の筋肉が盛りあがった身体に自信をみなぎらせて日高を攻撃しつづけているのだった。

無論加代子が連絡したのだろう。夕食を終えた時間を見はからったように二人が現われ、それから数時間、娘をつらいめにあわせようとしている男を非難しているのである。

「そういう人間だとは、わしは前から感じていた。結婚前に家に来て飲んだときにも、妙に小難しそうなことを言う男だなとは思っていたんだ。しかし、加代子が気にいっているのならと思い、わしは別に何も言わなかった。それよりもむしろ、その癖がいい方に出れば、出世する男ではないかとも思ったのだ」

彼は腕を組み、上体を反らすようにした。

「だが、それはわしの買いかぶりだったようだな。こんなに世間知らずの男だったとは、考えてもみなかったわい」

「世間知らずですって？」

日高はウイスキーのグラスに手をのばしかけ、それを途中で止めて聞き返した。一応、飲み物と軽いつまみは並べられているが、双方ともほとんど手は出さない。ウイスキーでさえ、初めにつくったまま、半分ほどしか飲まれてはいないのである。

「お言葉ですが、僕は自分のことを世間知らずだとは思いません。もちろん、まだ若いからお父さんと同じほどに知っているとは言えませんが、年齢相応の世間は知っているつもりです」

知っていて、それがときにはあまりに情けなく腹立たしい世間であるからこそ、日高は口をひらいてしまうのである。今度のことだって、そのひとつのあらわれなのだ。

彼は言い、そしてつけくわえた。

「それともお父さんは、妙に物のわかった顔で世間を要領よく渡る、そういう男の方がましだとおっしゃるのですか」

「ふん」

父親は鼻を鳴らし、口元に薄笑いを浮かべた。母親は黙ってテーブルの上を見つめており、加代子は日高とは少しソファを離して坐って、二人のやりとりに眼だけを動かしている。

「そういう言い方をするのが、まだ若い、世間知らずだという証拠だよ」

父親は腕を解き、煙草の箱を取りあげた。ウイスキーとは対照的に、こちらは双方ともほとんど一箱を空にしようとしている。大きなガラスの灰皿が、吸殻で山になっているのである。

「なぜです」

日高も、煙草を一本抜き、火をつけて聞いた。

「僕は会社では仕事は人並み以上にできる人間だと評価されています。少なくとも、要領だけでふらふらしている奴らよりは、ましな人間だと思っているし、思われているんです。お父さんの会社でだって、そんな」

「そういうことを言っているのではない」

父親は煙草をくわえ、煙に眼をしばたたかせて、日高の言葉をさえぎった。

「あんたは、すぐに仕事はちゃんとできる、それで文句はないはずだという言い方をする。しかし、それだけでは自慢にも何にもならんのだ。そりゃ、変にわかった顔でへらへらしている奴よりはましかもしれん。わしの会社でも、そういうやつを使うのはまっぴらだ。

しかしな」

彼は煙草を灰皿に置き、ウイスキーのグラスに手をのばした。氷のほとんど溶けてしまったオンザロックをひとくち含み、ごくりと喉を鳴らしてから言った。

「使う立場から言わせてもらえば、文句を言うやつはそれと同じくらい、あるいはそれ以上に眼障りだ。仕事をしていればそれでいいのでしょう。それは理屈だ。だが、だからといって、それ以外では何を言いどんなことをしても構わんということにはならんはずだ」

「………」

「なぜかというと、そいつがいらぬことを言ったりしたりすれば、こちらにそのとばっちりが飛んできたりもするからだ。以前、そういうやつがわしの会社にいたことは話しただろうが」

父親の言葉によれば「活動家くずれ」の整備工が入ってきて、労働時間だの待遇だのにいちいち文句をつけたのだという。仕事はよくできたが、それがうるさいというので、彼は半年で追い払われたのである。そしてその名目は「経歴詐称」。学生時代一度警察につかまったのを隠していたためだという。

父親は、調査会社を使い弁護士を使い、どこからも突つかれる心配のないようにしておいてから、一刀のもとに彼を斬ってしまったのである。

「つまり、仕事ができるというだけでは、世間は渡ってはいけないということだ。仕事ができて、そのうえに酸いも甘いも嚙みわける。その柔軟性がなければ、若いだの甘いだのと言われても仕方がないだろうが」

浪花節か、と日高は思った。中小企業だから、労働時間を短くすると食ってはいけなくなるのだ。給料もこれで一杯なのだ。こらえてくれ。そのかわり決して悪いようにはせんから……わかりました、親爺さん。やりましょう。やらせていただきましょう……

結局、この父親が求めているのは、そういう人間なのだ。仕事以外に何か持っているものがなければとは互いに考えているのだが、その何かが俺とこの人とではまったく逆になってしまっているのだ。俺は眼をひらいていることを求め、この男はつぶることを「いい年をした大人」であるための必要条件だと考えている。

「あんたはさっき、要領よく世間を渡るやつの方がいいのかと言ったがな」

沈黙した日高に、彼は自分の言葉がそうさせたと思ったのか、ひとつうなずいて言った。

「ときには、そういう男の方がましだと思わんでもないのだ。そいつが周囲に及ぼす迷惑など、知れておるからな」

「そんなことはない」

日高は顔をあげ、強い口調で言った。

「そんなことはありません。そういう人間が集まって世の中をつくっている、それででき た社会がどんなものかといえば、こういう下品な社会です。これが迷惑でなくて何ですか。他人に対して迷惑を与え、かつ自分自身の首まで絞めている。それがましな人間だとは、僕には思えません」

「まだ、わかってないようだな」

父親は下品な社会というところでビクッと眉をあげ、ついで不機嫌な表情に戻って声を険しくした。

「それが文句の言いすぎ理屈の言いすぎだと言うんだ。それによって、自分が家族や周囲の者たちにどんなに迷惑をかけようとしているのかわかってはおらんのか。第一、今度のことだって、何もおまえさんが口をひらかなければならん問題ではないじゃないか」

彼は上体を乗りだし、いらいらと、早口にまくしたてた。

「原潜がどうの核爆弾がどうの、そういうことがあんたの毎日の暮しに何の関係がある。関係ないじゃないか。それによって、給料が下がるのか、このマンションから立ち退かなくちゃならんのか。そういうことは何もないじゃないか。また仮にだな、仮に原潜だの核だので、戦争が起きたとしてもだ」

彼は決めつけるように言った。

「そういうことは人にまかせておけばいい。そのための自衛隊じゃないか。そのための政治家じゃないか。わしらはむしろ、そうなればなったで、それが自分の仕事にどれだけ影響を及ぼすか、どれだけ有利に動かせてもらえるか、そういうことを考えていればいいんだよ」

こういう男なのかと日高は思い、それが自分の義父であることに情けなさを感じた。いままでにも、自分とは違う種類の人間だとは何度も思ったことがあるが、そして例の整備工の話を聞かされたときには怒りさえ覚えたが、これほどはっきりと、違いを示されたのは初めてだ。正直といえば正直、したたかといえばしたたかではあるのだが、しかし、それにしても……

「そういうことはしませんがね」

日高は、こういう人間の集まりである社会からいま俺はリンチを受け始めているのだと思い、攻撃的な気分になって言った。

「いまのお話を機構に連絡すれば、明日にでもお父さんのところにも出演依頼がくるでしょうね」

「………」

父親は一瞬眼鏡の奥で眼を見ひらき、顔を赤く染めた。そして日高を睨みつけ、吐き捨てるように言った。

「脅迫する気か」

「とんでもない。事実を言っただけです」

「来るもんか」

彼はうなった。

「来るわけがない。こんなこと、世間の誰もが思ってることじゃないか。経営者ならば、当然考えていることじゃないか」

「その通りですよ」

日高はニヤリと笑ってこたえた。

「でも、番組に出た瞬間、お父さん以外の誰一人としてそういうことは考えていない人間だということになるのです。お父さんだけが、戦争を利用して儲けようとしている死の商人だということにされてしまうのですよ」

「………」

黙り込んで彼を見つめる父親に、日高は声を落とし、下をむいてつぶやいた。

「そういうからくりなのです。そこに僕はひっかけられたのです……」

「それはまあ、気の毒だとは思うが……」

頭は悪くない父親は、自分の自信に満ちた世渡りの方法、それによって得たすべての物が一瞬で崩される可能性もあるのだということに気づいたらしく、ぼそぼそと言った。

「だからその、何とかならんのかと思って、話をしにきたわけなんだが……」

そのとき、ふうっと大きくため息をつき、沈黙していた母親が口をひらいた。

「本当に、何とかならないのですか」

「何とかと言いますと？」

「だからその、謝って許してもらうとか」

「さて、それは無理でしょうね」

日高は、太り気味の、どちらかといえば常に機嫌の悪そうな顔をしている母親に視線を移し、彼女の眼が明らかに彼を非難しているのを知って、素気なくこたえた。

「僕は選ばれた人間ですからね。謝れば謝るほど、周囲はおもしろがってひきずりだそうとするでしょうよ」

彼は表情を厳しくしてつけくわえた。

「それに第一、僕は謝らなければならないようなことを、何も言った覚えはありませんよ」

「難しいことは私にはわかりません」

母親も、日高の言葉に敵意を感じたらしく、口調を鋭いものにした。

「でも、そうやって我を張り通して、あなたは満足かもしれませんけど。加代子はどうなるのですか。この子は、あなたがテレビに出た次の朝から、御近所の白い眼を受けなければならなくなるのですよ」

「………」

日高は眼を伏せた。当然そのことは、彼にとっても心の大きな負担になっているのである。

辻は立派に喋ってやると言っていた。無論自分にもその気はある。しかし、辻は一人者であり、俺は妻帯者だ。家庭を守るのが俺のひとつの義務であるとするならば、俺はおのずから辻とは異なった考え方をし、行動をとらなければならないのではないのか――

そう思う心が、やはり無視できない強さで湧きあがってきてはいるのである。

最も俺にとって嬉しく望ましい姿はと、日高はいまだに考えている。

「俺が辻と同様立派に喋り、加代子がそれを理解し認めてくれて、その先ふりかかってくるであろう有形無形の迫害に、一緒に耐えてくれることなのだが。そしてそういう状況に入ってこそ、二人の結びつきは本当のものになるのではないかとも思うのだが――」

しかし、無論それが彼の虫のいい望みに過ぎないであろうことは、彼にはよくわかっている。加代子がそうはしてくれないであろうことも、先日の言葉から見当はついているのである。

だからこそ彼は、すべてをあきらめて立つか、せめて罰を軽くしてもらうよう画面から哀願して僅かな安堵と大きな屈辱感とを味わうか、二者択一の岐路へと追いつめられていく自分を感じているのである。

後者を選べば、辻は俺を軽蔑するだろうか。それとも、理解してくれるだろうか。

ふっとそう考えたとき、母親がまた口をひらいた。

「私はね、主人のように娘の亭主が出世するかもしれないと思って結婚を承諾したわけじゃありません。でもね、あなたが、真面目な健全な人だとは思ったんですよ。別に重役さんにならなくても、真面目でさえあれば加代子は幸福になると考えて、それで賛成したんですよ」

彼女は、自分の判断がくつがえされたことに我慢がならないらしく、怒りを皮肉でくるんで、日高に言った。

「それはまあ、女遊びだのバクチだのはなさってないようだから、そういう点では嬉しくも思っていますがね。でも、これじゃあ、そんなことも帳消しでです」

適当に遊んでくれていた方がまだましだと言いたげに、日高を見つめている。

もう何も言う気をなくし、彼は黙ってウイスキーグラスに手をのばした。

番組に出たら、俺の両親もこういうことを言うのだろうか……

「いくら言っても無駄みたいね」

加代子が、そんな彼をチラッと見て、両親に言った。その声が妙に明るい。

「だって、この人、プライドの高い人だもの……」

3

「ちょっと、すまないが会議室まで来てくれないか」

水曜日の朝、日高が企画書をチェックしていると、課長の下野がそばに寄ってきて、耳もとでささやいた。

「は、何でしょうか」

顔をあげると、下野は視線をそらし、口のなかでもごもごと、意味もないことを言った。

「うん、いや、ちょっとその、な」

そのまま黙って会議室へと歩きだした。

いよいよ来たのだな、辻いわくの「吊るしあげ」が。日高は思い、ゆっくりと立ちあがった。他の課員達は、何事もなかったように、黙って仕事をつづけている。小山でさえ、しきりに首をひねりながら、電卓のボタンを押しているのである。

ふん、聞こえたくせに。日高はじろりと彼らを見まわし、あいかわらず誰一人として顔をあげようとはしないことを確認させられて、いきなり書類を叩きつけてやりたい気持になった。

おまえら、俺が会議室へ消えた途端、いっせいに顔をあげ、あれこれ喋り始めるのだろうが。

「…………」

だが、その衝動をかろうじて押さえ込み、彼は席を離れた。月曜の午後以来、すでに同僚としての接触をしてくれなくなった課員たちを残し、会議室へとむかった。

今夜、辻に会おう。局へおしかけてでも、マンショシの前で何時間ねばってでも、彼に会って対策を話しあおう。いま、俺と同じ背景の前で喋れるのは、やはりあいつだけなのだからな……

「お呼びですか」

考えながらドアをひらくと、そこに、確かに吊るしあげをするためであろう人間たちが待っていた。

正面一番奥に営業担当重役である常務。その左右に総務部長と、日高の直属上司である営業促進部長が坐っていたのである。そして、少しドア寄りの椅子に、下野が顔を青ざめさせてひかえている。

「聞いたよ、君」

肩幅のひろい四角ばった顔の、何か問題が起きると必要以上に大仰にかまえる営促部長が声をかけてきた。

「大変なことをしてくれたものだな」

「………」

日高は、大きな会議用テーブルの、彼らとは反対側の位置に腰をおろし、黙ってその顔を見つめた。

「どうするつもりなんだ、え」

他の部長や重役に対して、自分のこの件に対する真剣なる憂慮を示そうとでもいうように、彼は大きな声をだした。

「黙ってちゃ、わからんじゃないか」

「どうするつもりだとおっしゃられても」

日高はその顔を見つめ、淡々と言った。

「僕にはどうしようもありません。いきなりむこうがやってきたんですからね。それに」

彼は、自分の発言によって、下野がどれだけ冷汗を流すか見当がつきながらも、それより上の連中の、頭から自分を査問するような態度に反感を覚えて、投げやりとも聞こえる口調で言った。

「僕はその男に、あの番組はカメガルー・コートだと言ってやりました。もう、どうにも仕方がないいんじゃないですか」

「き、君は、君という男は」

営促部長は、顔を紅潮させて唇をふるわせ、日高に指をつきつけた。

「そんなことを言って、自分の立場とか会社に及ぼす迷惑を考えたことがあるのか。あの番組に出演させられた人間が、そのあとどんな扱いを受けるのか」

「そういう心配をなさってらっしゃるということは」

日高は、番組を成り立たせている大衆の一人がこの部長なのだと思い、怒りを感じて質問した。

「部長も、あれをカメガルー・コートだと考えてらっしゃるわけですか」

「な、何を言う」

多分本心を言いあてられたのだろうが、しかし絶対に自分では認めず口にも出さないぞという覚悟を示すためか、彼は眼をギラギラさせて反論を開始した。

「僕がいつそんなことを言った。いつ、僕があの番組をカメガルー・コートだと言った。君は何か、自分の非を認めず反省しないばかりか、他人にまでその迷惑を押しつけようというのか。僕が、いつ、あの番組を」

「まあ、待て」

常務が口をひらいた。長身で痩せ型、頭の回転の速さで有名な人物である。

「ここで、いまそんな口論をしても始まらない。君はあれをカメガルー・コートだと思う。僕たちは思わない。それを言いあらそっても、建設的な議論にはならないんじゃないのかね」

部長は援軍を出してもらって明らかに安心したのだろう。口をとじて日高を見つめている。総務部長も同じ気持になったらしく、大きくうなずいている。

下手に日高を責めれば、責めたという事実がそのまま、自分達の本心を表わし示してしまうことになると気づいたに違いない。常務の、僕たちは思わないという断言で、とりあえず安全圏内には戻れたというわけだ。

もう、うかつにそこから出ようとはしないだろう。

「心配なさらなくても、電話をかけたりはしません」

平社員が上司に言う言葉としてはそれだけで非礼のそしりを免れないのだが、すでに日高はひらきなおっていた。何を言おうが言うまいが、自分の処置はすでに決められていると感じたからである。

「密告はしませんが、あなた方に質問をしたい。カメガルー・コートだとは思わない番組に私が出るからといって、なぜそれが会社に迷惑を及ぼすものだと考えるのです」

「………」

誰もしばらくはこたえない。不用意な発言はできないと警戒しているのだろう。

「それはだな」

今度も、常務が代表となった。

「多くの視聴者のなかには、あの番組の真意を誤解したり、興味本位で見ていたりする人もあるからだよ」

両部長がうなずき、日高は思った。

なるほど、鋭い男だ。全視聴者がそうであることを、ごく一部の人間のことであるようにすりかえている。第一、それは誤解ではなく、みごとに正確に理解していることなのに。

「そこが、企業としてはつらいところなんだな」

だが、自分が開いた突破口に自分で満足し、その説の拡大で日高を圧倒できると判断したのか、常務は笑いさえうかべて言った。

「我社(うち)はポリバスを売っている。だからその例で話せばわかってもらえるだろう。たとえば、ポリバスを成型する段階で、何かの間違いで欠陥品ができてしまったとする。仮に、使用半年で亀裂が走ってしまうという例が使用者から報告されたとする。そのとき、どうするかだ」

わかるかねという表情で日高を見た。

「欠陥品はそのひとつだけなのかもしれない。輸送途中での衝撃が原因だったのかもしれない。しかし、ひょっとして、一定期間内に製造したすべてのポリバスが欠陥品なのかもしれない。そして、もしそうであれば、これは大変なことだ。日本中あちこちから、抗議の声が我社めがけて飛んでくるだろう。ならば先手を打つのが僕たちの役目だ。義務だ」

ポリバスではないが、洗面化粧台の部品に欠陥品が出たことは日高も経験している。彼がいた中部工場で、そのときから二カ月前に製造された部品であることが判明し、その対策として、社はその月の出荷分すべてを回収し、まとめて破棄処分としたのである。

極秘のうちに、合格品があるか否かは調べもせず、全製品を破砕してしまったのだ。手間暇かけて再検査するよりもその方が安全であり、確実だからである。

どうやら常務は、その例をふまえて喋っているらしかった。

「ポリバスにたとえて悪いが、視聴者のなかに一台二台の要注意品があるということだ。にもかかわらず、その要注意品がどこにあるのかは誰にもわからない」

頭のいい男だから、日高がその説を納得して聞いているはずもないことはよくわかっているだろうに、彼は笑顔で説明をつづけている。納得は必要ではなく、圧倒さえしてしまえばいいと考えているのだろう。どこから反論されても尻尾の出る恐れがない正論で、日高をがんじがらめにしてしまうつもりらしいのである。

「ならば我われとしては、番組を見ている何百万人、ボタンを押す何十万人を要注意品と見なければ仕方がないということだ」

部長二人が安心しきってうなずいている。

まったくこの例で進めば、自分たちの立場を守れ、かつ、日高を査問することが正しい行為になってしまうのである。

「しかも、ここが大切な点であり、つらいところでもあるのだが、その誰だかわからない要注意品、つまりは視聴者全員が、同時に我社の顧客であり見込客であるかもしれないということなんだな」

「………」

常務は、わざとらしく声をあげて笑った。

「お客様第一だからね、商売というものは。だから、興味本位で見ている一部の視聴者からでも、悪い印象を持たれたくはないんだよ」

ふっふっふっと、部長二人が追従笑いをしている。それにかぶせるように、常務はいきなり声を冷たく厳しいものにして言った。

「これだけ言えば、君がいま会社に迷惑を及ぼそうとしていること、こちらとしてはそれを防がなければならないことがわかっただろう」

「…………」

日高は黙ってその細い顔を見つめた。眼が経営者の意志、上司としての意地を示している。いま言ったことは、断固として守りぬいてみせるという、強烈なそれをである。

日高が何を言おうと、君は思う僕たちは思わない――に戻ってしまうことはわかりきっているのだった。

「…………」

眼をそらせた日高の表情から、第一段階の終了を確認したのだろう。常務はテーブルの上で両手を組みあわせ、上体を少し乗り出し気味にして口をひらいた。

「防ぎ方にはふたつある。ひとつは、君が番組には出ないこと。もうひとつは、もしどうしても出るというのなら、少なくとも会社名だけは出んようにすることだ」

俺が番組に出ないことだと、と日高は思った。いったい、そういうことが可能なのか。それに、社名が出ないようにするとは、つまりどうすることなのだ。フリップカードやアナウンサーの口から、それは必ず紹介されてしまうはずなのに。

「どうだ、君。どっちを選ぶ?」

ようやく自分の出番がまわってきたという顔で、総務部長が言った。押しの強そうな凸面の顔と冷酷そうな薄い唇をあわせもつ、通称謀略部隊長だ。

「どちらでも、好きな方の手を打ってやるぞ」

日高のために手を貸そう一肌脱ごうという口調で押してきているが、もちろんそれは口先だけの話であり、いざとなれば彼を斬る用意を整えているに違いはないのである。

「しかし、私はもう出演すると宣言しましたので」

二者択一とはいえ、実質は後者を選べと言っているのでしょう。その気持をこめてこたえると、総務部長はニヤリと笑った。

「なに、そんなことどうにでもなるさ」

「いろいろと出演辞退の礼儀はあるものでね」

常務も口をはさんだ。

「ま、君に言わせれば、蛇の道はヘビということになるのかもしれんが」

自分がそう思い、それを勧めているのである。

「まあ、君がどうしても出演したいというのなら、それを無理に止めることはできないがな」

総務部長が言い、ひと呼吸おいてから、気のなさそうにつけくわえた。

「その場合には、社名が出ないようにするには、方法がひとつしかないんだよな」

「出演しながら、社名だけは伏せるという特例は認められんそうだな」

常務が、総務部長に質問する形で、日高にその事実を告げた。

「こういった問題について、労働組合の方はどう考えているのかな」

「そうですねえ」

総務部長はチラッと日高に視線を走らせ、あらかじめ決められていたであろう答を言った。

「社外における個人的な問題には不干渉と、先日通達が出てましたがね」

「ふむ」

常務がうなずき、つぶやいた。

「組合員の難儀なんだから、力を貸してやればいいのになあ」

そうしないように、社のトップと労組幹部との間に協約ができているのだろうと、日高は直感した。

そして、一般組合員達はそれを知らず、また知らされても、黙認するであろうことも予測できた。

なぜなら、彼ら一人ひとりは、組合員であるより以前にこの大衆社会の一員なのであり、ということは、リンチを加える側の人間であるからなのだ。本能的に、彼らは常に正統者の立場に自分を置こうとし、異端のレッテルをはられることを、極端に恐れているのである。

内心は別として、形式上は日高ももちろん組合員なのだが、いまや、そこからも弾き出されようとしている。どういう具合にかはわからないが、そうされるであろうことくらい、彼には見当がつくのである。なんとなれば、常務や総務部長が言う「社名を出さない」方法とは多分日高を社員ではなくするということであり、そのためには組合の承認が当然必要となるからである。

了解をとりつけたうえでの社からの解雇か、それとも理由をでっちあげての組合からの除名処分か……

「どうする、君。どっちでもいいぜ」

考えている日高に、総務部長が決断をうながした。

「出演しなくてすむためには」

日高は、組合除名がすなわち会社からの解雇になるという規約を思い出し、最終的には自分は職を失うことになるのかもしれないという事実に、さすがに動揺して質問した。

「私は、どういうことをすればいいんですか」

「それは君」

総務部長は平然とこたえた。

「君を紹介したという人物、機構の係員、それに番組のプロデューサーに辞退を申し出ればいいのさ」

「……金ですか」

ふっふっと笑って、彼は言った。

「もちろん、それ相応の礼はつくさなければならんがね」

つぶやいた日高に、そうだとも違うともこたえず、彼は顎をあげてわざとらしく陽気な声をだした。

「ま、その口ききくらいは、僕がしてやるぜ」

ふうっというため息が聞こえ、日高が眼をやると、ただの一言も発言しなかった課長の下野が、日高を見つめて涙ぐむような眼になっているのだった。

善人だと、以前思ったことをもう一度思い、日高は眼をそらせた。この課長は、大声で自分の思うところを言いたいのだろう。しかし、口をひらくことはできないのだ。ひらけば自分がどうなるかがわかっているから……

あなたが卑怯な人間だとか、勇気のない男だとは僕は思いませんよ。あなたは、正直な善良な、そして決して悪い意味で言うのではなく、小心な人なのだ。沈黙を守るのは当然です。他の三人のように、僕を責めないだけで充分です。それだけで、ありがたく思っています。だから——

「考えさせてください」

日高はそれだけをこたえた。とりあえずこの場だけのことになるかもしれないが、下野につらい思いをこれ以上はさせまいと思ったからであり、そして、彼自身としてもそうとしか言えないからだった。

「考えさせてください」

彼は念を押すように言い、ゆっくりと立ちあがった。

辻に会おう。何としてでも辻に会おう。

心のなかで、そうくり返しながらである。

4

「そもそもが、勝手なんだよ。人間てやつがな」

夜、ようやく連絡がとれてひさしぶりにマンションへ寄った日高に、辻は例のごとくストレートに近い水割りを飲みながら言った。

「一人ひとり、俺もおまえも含めて、人間そのものが自分勝手なことを考え、自分勝手な行動をとるようにできているとしか、俺には思えんのだよ」

彼は、ニヤリと笑って首をかしげた。

「火事の話は以前にしたたな」

「ああ、聞いた」

日高もウイスキーを、彼にしては速いピッチで飲み、少し酔いがまわってきた頭でそのことを思い出してうなずいた。

「そもそも、それが原因だったわけだろう。おまえが密告されたのは」

「そうだ、しかし、あれがなくても、俺はやはり密告されていただろうな」

「なぜ？　また何かあったのか」

グラスを置き、袋のままのナッツに手をのばして聞くと、辻はへっへっと笑ってみせた。

「ありましたとも、何しろ俺はいま孤立しているからね、干されてるからね。こうなりゃやけくそだってんで、密告者が聞けば舌なめずりしそうなことをいっぱい言ってやっている」

——報道部内で、すでに彼には味方はなく、取材を命じられるニュースも、毒にも薬にもならない「街の話題」風のものばかりだという。

そして予測によれば、どうやらそれは、彼に対する配置転換命令が出される前兆ではないかというのである。

「つまり、番組に出たとき、何々テレビ報道部勤務なんてフリップを出されちゃたまらんというお考えなのだろうな」

辻は言い、ウイスキーのピッチを上げたのである。

「で、つまり、どんなことを言ってるんだ」

「ふん、どんなことって、たとえばだな」

彼は、もう一度ニヤリと笑った。

「たとえば、人の生命が大切だなんて思ってるやつはごく少数だ。その他大勢の人間は、自分とごく限られた周囲の人間の生命が大切だと思っているだけで、いわゆる人命尊重なんて、そう言わなくちゃならんから言ってるだけなんだ……とかな」

「そんなことを言ったのか」

「ああ、言った。言ったって、これ以上悪くなることはないからな」

彼はナッツの袋をつまみあげ、表情を怒りのそれに変えて言葉をつづけた。

「なぜ俺がそう思ったのかを、俺は別のカメラマンが以前収録してきたインタビューをもとに、皆に説明してやった。会議の席で、誰一人あいづちもうたないなかでな」

ナッツを口に放り込み、嚙みくだきながら辻は言う。

「そのインタビューは、電力会社がトランスの取替工事のため、一地区全体を半日停電にしたときのものなんだ。一年半ほど前、つまり例の番組が始まる以前のことだがな。そのとき、付近の住民が何と言ったと思う」

彼は指を一本ずつ順に折っていった。

「一、冷蔵庫のなかの物が腐るから困る。二、テレビが見られん。三、水槽のヒーターを止められちゃ、熱帯魚が死んでしまう。

とまあ、こうおっしゃっておられるのだ」

「…………」

ウイスキーを口に運ぶ日高を見つめ、辻は次第に早口になって喋りつづけた。

「いいか。電力会社が送電を全面ストップしたのは、そうしなければ工事ができないからではない。やろうと思えばできるのだが、そのためには作業員が活線、つまり高圧電流が流れている線に触れて感電死するかもしれない危険をおかさなければならないからなのだ。もちろん、ゴムの手袋をはめたりして対策はとっている。しかし、事故はいつ起きるかもしれず、起きれば作業員が死ぬ率も非常に高い。だから、人命尊重の立場からは、送電をストップして作業にかからせるのが当然なのだ」

辻は、ふんと鼻を鳴らした。

「ところがどうだ、食べ物が腐る、テレビが見られん、熱帯魚が死ぬときている。そう言ったやつらにとっては、他人が感電死するかもしれんことよりは、グッピーの死ぬことの方が大問題なのだ。許せんというのだよ」

「まあ、それは少し極論だと思うがな」

日高の言葉に、彼はうなずいた。

「もちろん、極論だ。電気を売っておきながら、そのメリットを自ら奪ってしまうのは、けしからんことかもしれん。その気持だけで、彼らは単純に怒っただけなのかもしれん。しかし、それならば、与えられたメリットは、常に例外なく完璧に保証しろというのはけしからんことではないというのか。正解はこの場合、その双方の中間点、停電の予告を早くからしておき、利用者は前もって何らかの対策を講じておくというあたりだろうが。それに第一、もしその作業員が身内の者だったら、彼らはグッピーだ何だとは言わないはずだ。むしろ、そう言った人間に対して、ならば私の亭主は感電死してもいいと思ってるのかとくってかかるに違いはなかろう。つまり、勝手なのだ。極論を組み立てれば、本質が見えてくる。だから俺は、人の生命は大切だというのは嘘で、実は自分とごく少数の周囲の者、親兄弟子供親友、それくらいの生命だけが大切だと皆は思っているに過ぎないと言ったのだ」

彼は言葉を切り、しばらく黙ってから、つけくわえた。

「無論、だからといって、俺が勝手な人間じゃないと言うつもりはない。俺だってかなり勝手な人間だ。生命は惜しいし、怪我するのも恐いくせに、外電で紛争のニュースが入ると、おもしろがってそれを見ている。

これによって国際政治のバランスがどう変っていくか、そんな予測をしながら、戦死者だの難民だのの姿を眺めている。この場合、彼らは人間ではあるけれども、俺とかかわりあいのある個人ではないからだ。氏素姓も知らないワンオブゼムに過ぎないからだ。だからときには、ここらでちょっともめておいた方が、世界のためにはいいのではないかと考えたりもする」

辻は自分でうなずいて言った。

「しかし、少なくとも俺は、自分がそういう勝手な男、実にどうしようもない人間のその一人だということに、自分で気づいている。そしてその前提に立って、何とかならんのかと考えている。報道の仕事を選んだのは、俺がいろんなニュースを伝えることで、少しでも世の中が何とかなればと思ってのことなのだ。しかし、それは甘過ぎたようだ。あるいは、青くさい理想にとらわれ過ぎていたようだ」

ウイスキーをがぶりと乱暴に飲み、彼はニヤリと皮肉っぽい笑いをうかべた。

「昔、五年以上も前にだが、ある革新知事が川柳をつくったことがある。大衆の味方と称し、大衆のための政治を実行すると宣言していた革新知事が、こういうのをつくったのだ。家建てろ、保育所つくれ、税まけろ――

結局、こういうことなんだ。これが支持者の本当の姿だと、その知事先生も気がついたのだ」

投げてしまっているのかな。日高がそう思ったほど、辻の言い方は冷笑的だった。

職場での孤立、配置転換の予感、見えてしまうがゆえの人間に対する侮蔑の気持。

それらに包囲されて、この男はもう、カメラとそのむこうの視聴者たちに立ちむかう気力をなくしてしまったのだろうか。

「いや、そんなことはない」

日高が聞くと、辻は首をふった。眼を据えて彼を見つめ、低い声でくり返した。

「そんなことはないぞ」

「じゃあ、やっぱり番組には出るのか。出なくてもすむ方法があるらしいけれど」

「もちろん、出る。出て、立派に喋ってやる。そしてその先も、俺はあの番組をつぶすために戦うつもりでいるんだ」

「一人でか」

「いや、仲間達とだ」

彼はうなずき、ようやく暗さのない笑顔を見せた。

「リンチを受けた人間が中心になって、ひとつの組織ができている。しばらくおまえと会えなかったのは、その組織の人間たちとコンタクトをとろうと走りまわっていたからなんだ」

日高にも参加を勧めようとするごとく、辻はグラスをちょっとあげて言った。

「物のわかった人間もちゃんといるんだ。この世の中も、なかなか捨てたものじゃないぜ」

それにしても、なぜこんな時代こんな世の中になってしまったのだろう。

終電車の変に明るい車内で、ドアのすぐそばの席に腰をおろして、日高は考えている。

「これが、本当の大衆社会であるはずはないのだが」

眠り込んでしまっているサラリーマン風の若い男や、声高に喋りつづけているひとめで水商売とわかる和服姿の女達を見つめ、彼は考えているのである。

——いったい、こいつらは、この時代この世の中を何と思っているのだろう。戦後初めて、ということは日本の歴史上初めて、大衆が本当に力を握った時代であると、心の底から信じきっているのだろうか。

いまこうして眠ったり喋ったりしている彼らは、政治経済社会、そのすべてに自分たちの意志が反映され、自分たちの意見が世の中を動かす原動力になっているのだと、確信しているのだろうか。

なるほど、表面的にはそう見えている。

政治の面では、ますます増えてきた「支持政党なし」の「浮動票」を納得させるため、保守革新とも、極右極左を除いては、政策が次第に穏健なものになってきている。景気浮揚・インフレ是正・減税促進・福祉充実。双方ともほとんど変らぬ公約を掲げ、そのめざすところは高度福祉社会であることを明言している。

国会に進出してきた大衆政治組織の発言力と、法案採決に及ぼすその影響力が、すでに無視できないレベルにまで達してきたからだ。

だが、一見理想的に思えるそれらの政策は、実際には矛盾のかたまりではないのか。経済構造を変えずして、いまのこの日本で、景気浮揚とインフレ是正とを同時にできると思っているのか。ここ何十年、日本経済は、人為的なインフレを起こすことでこそ景気を上昇させてきたのではなかったのか。

あるいは、税金と福祉の関係にしてもそうだ。年金や補助金を多く出し、一方でその財源である税金を少なくしようとは、これはいったいどういう手品を使って実現するつもりなのか。

他への支出を削って福祉に金をまわすのか。

それでは、その該当分野からの抗議や陳情が殺到するであろうことは眼に見えている。また、マクロの眼で見ても、それは国民からの別の要求事項である景気上昇に、少なからぬ悪影響を及ぼしてしまうだろう。

それとも、他の支出予算もすべて確保し、しかも福祉予算をも増加させようというのか。

だが、そのためには総収入を増やさなければならず、税金以外でそれを果そうと思えば、公営ギャンブルによるテラ銭稼ぎか、あるいは金利操作や国債の発行しか手はないではないか。

しかも、それらは巡りめぐって結局国民の懐に到達し、彼らが反対しているインフレを助長する、支出増加を強要してしまうことになる。

「穏健な政策とは、つまり、その場しのぎの総花主義のことじゃないか」

そして、なぜ各政党がそういった愚かな政策を公言しているかといえば、そう言わなければ大衆の支持が得られないからであり、したがって総花主義とは、すなわち大衆の要望なのである。大衆が政党に愚かさを要求しているのだ。

「家建てろ、保育所つくれ、税まけろ――か」

日高は、辻の教えてくれた川柳を思い出し、言いがかり的だと思いつつも、そのくせ飲む金はあるのだよなと言いたくなって、車内をもう一度見まわした。

ホステスらしい二人連れはいつの間にか降りて姿が見えなくなっており、若い男はあいかわらず眠り込んだままでいる。そして、それ以外にも何人かの酩酊(めいてい)人種が、ぐったりと、あるいは幸福そうに、眼を閉じたりニヤニヤしたりしているのだった。

「そもそも、勝手なんだよな」

辻の言葉がうかんできた。

「そうだ、その通りだ」

日高はつぶやき、また考え始めた。

——俺も含めて、全国有業者人口の八割近くがサラリーマンだという。その八割が何と言っているか。値上げ反対と賃上げとを同時に要求しているではないか。

そもそも、そんなことがいまの経済構造で、いまの私企業の経営構造で、どうして成立しうるのか。可能なのは、経済構造と私企業の形態を根本的に変えた場合だけであり、しかし、ではどう変えればいいのかは、日本に限らず世界中でまだ誰も知らないことではないか。右も左も、成立しえているように見える国は、実は無理矢理成立させているだけではないのか。

「まして、この日本では……だ」

根本的に変えるとなれば、一時的にせよ大混乱が起きることは明白で、「浮動票」が黙ってはいないだろう。すなわち浮動票とは、逆から見れば、いつか崩壊するであろう総花主義を、いくらかでも先へつづかせたいための、その場しのぎの票に他ならないのだ。

そしてその票を持つ大衆は、実は自分たちがまとめて管理され操作されているのではないかとは、考えようともしない。

どんな問題にせよ、ミクロが集まってマクロとなり、するとそのマクロがミクロである自分を規制し始めることに気づかず、あるいは気づいても無視し、自分にとって一番都合のいい状態のみを要求している。

「俺ももちろん、そのなかの一人なのだが」

日高は首をかしげ、少し考えてから、うなずいた。

「辻と同じく、少なくとも自分がそうであることくらいはわかっている」

だからこそ、カメガルー・コートに象徴される、現在の二重構造社会＝一見大衆社会に思えるそれが、実は権力者によって巧妙に組み立てられ、操作されている愚民化社会であることが見えてくるのである。

「昔以上に狡猾に、やつらは俺たちを支配しているのだ」

そのやつらというのが、具体的にはどこの誰であるのかはわからないながらも、日高には、酒を飲みながらの雑談で何十万何百万人の日常を規定し、あるいは激変させてしまう人間が存在しているに違いないと思えて仕方がないのだった。

警察力や軍事力を表に押し立ててではなく世論や正論を使わせ、多数意見ゆえに個人に問われる責任のほとんど存在しないことを利用して国民一人ひとりを無責任にさせ、その状況では個人は無名氏であることを彼らに与える大きな安心感として一見好きなように泳がせる。そして実は、自分たちの意図する方向へ大衆を引っぱっていこうとしている。そういう人間が確かにいるのだと、日高は思うのである。

「そうでなくて、あんな番組がうまれるものか」

日高は次第に激してくる自分を感じ、睨みつけるようにして車内を見まわした。

おまえら、自分で自分に嘘をついているのだぞ。

酔客を誰彼なしにゆさぶり、どなりつけたい気分になってきた。

おまえら、あるときは自分を中流生活者だと思うとこたえ、別の場合には生活がいっこうに楽にならないと言い、しかも矛盾だらけの身勝手な要求だけをしてそのための代価は払おうとせず、結局やつらの言いなりになってしまっている。

本当は、この国の権力者は俺たち一人ひとりなのだぞ。そしてその権力者である俺たちは、中流階層でも何でもない「大衆」なのだぞ。

本来の意味での大衆であり、その集合体である市や県や国に対して責任を負うべき、そのかわり決定権をも持った人間なのだぞ。

それを、どこの誰ともわからぬやつらに手なずけられ、おだてられ、いつまでつづくかもわからない夢に酔わされている。

自分が酔いつづけるために、味方のなかから犠牲の羊を選んで社会的に抹殺し、そこからはかない安心感を得ようとしている。

その指名が、いつか自分にまわってくるかもしれないとは、考えたことがないのか。

自分で自分の首を、じわじわと絞めているのだとは、思ってみたことがないのか――レールの継目で起こる単調な車輪の音を聞きながら、日高は内心で怒り狂って、身体を固くしていた。

「しかも俺には、家に帰ればその代表のような女が待ちうけている」

帰ればまた責めたてられるのは、わかりきったことなのである。

「辻、おまえは一人でよかったな」

「だが、捨てたもんじゃないぜ……」

頭のなかに、ふたたび彼の声が聞こえてきた。

「物のわかった人間も、ちゃんといるんだ」

そうだろうか。本当に、そういう人間はいるのだろうか。

日高は車内を見まわして力なく首をふり、終電車は一人と大勢を乗せて、闇のなかを走りつづけているのだった。

5

「出演を辞退するか、あるいは社名を出さないという条件で出るか。それとも辞退ではなく拒否をして、機構の判断にまかせるか。

どれを選ぶかは、君自身が決めることだ」

総務部長が言い、じっと日高を見つめた。

常務と営促部長も同じく彼に注目しており、下野だけが視線を机の上の灰皿に落としている。

週末の午後、例の会議室で、日高に対する二度目の査問が行なわれているのだった。

「どうだ、考えてみたか」

常務のこの言葉で始まったそれが、総務部長のいまの言葉でしめくくられようとしている。

「…………」

日高は沈黙したまま、三人の顔を順に見返した。

「狡猾……」

三人ともに共通する言葉は、これだと思った。総務部長が挙げた三つのうちの、どのひとつを日高が選ぼうと、要は犠牲になるのは彼ひとりであり、三人はそしらぬ顔で、自分たちもそのなかの成員であるはずの大衆に対して、彼とは無関係の正統者であるという顔を示せるのである。

無論、この場合の示すとは、何もしないことなのだ。社名も役職名も氏名も公表される心配がなく、個人としての存在を他から区別されなくてすむという状態。それがこの大衆社会において、正統者と認められている者の、安全な日常なのである。

それがつづく限り、彼は大海の水のひとしずくとして安心していられる。

だが、ひとたび周囲の水が彼に注目し、おまえは水ではなく、そのなかにまぎれこんだ砂粒ではないのかと言いだせば、そこで彼の安心は消えさってしまうのである。

本当は全員が水のひとしずくなのに、それが集まって海となっているのに、そのなかで互いが互いから砂粒だろうと言われるのを恐れている。

恐れているという事実に気づかれることをさらに恐れ、それを隠すために正論を吐き公式見解を並べたてて、自分のまわりに城壁を構築してしまっている。

その具体例をあからさまに示され、日高は狡猾という言葉を思い出したのだった。

他を攻めるときには無責任な集団となり、守るときには狡猾な一人ひとりになってしまう。それが大衆なのだ。こいつら、役職がついていて少々金を貯めていても、まぎれもない大衆なのだ。いまは三人で俺に対しているが、その内心は、隣りの男がいつ敵に変るかもしれないという恐怖でいっぱいなのだろう。

「君個人の問題だから、僕たちは選択を押しつけるつもりはないんだよ」

日高が何を考えているのか知るはずもなく、その長い沈黙を迷いと受けとったのか、常務が明らかに自分たちの優位を確信した顔で言った。

「ただ、先日も言ったように、会社としてはイメージダウンになるようなことは防がなければならないという、そのことだけを伝えておきたかったんだ」

眼もとに、笑いさえうかべている。

金を使って「辞退」を認めてもらうか、解雇を承知で出演するか。それとも「拒否」して、例のルポライターのように欠席裁判を受けるのか。

それにしたところで、フリップカードから社名が抹消されるであろうことはわかりきっている。そのための手は、ちゃんと打つに決まっているのである。

「さて、そこでだ」

黙りつづける日高に、総務部長がわざとらしく明るい声をつくって言った。

「いずれにしても、こういうことは専門家の意見も聞いた方がいいと思うから、その手配をしておいてやった」

「専門家？　何の専門家です」

日高は皮肉な口調でこたえた。

「私刑に弁護士でもつくのですか」

一瞬ムッとした表情になり、しかしすぐ、その表情を見せることは、自分も番組を私刑と考えている証拠だと解釈される恐れがあると気づいたのだろう、総務部長は、つくり笑いをうかべて言った。

「イメージングコンサルタントだよ、うん。本職はPR参謀とでもいうのか。選挙のときには、候補者のイメージづくりから、テレビ出演のための演出までをまかされるという、なかなかの人物さ」

彼は、用意しておいたらしいメモ用紙をポケットから出して下野にまわし、日高の手元にそれを置かせた。

「連絡はとってあるから、仕事が終ったらそこに書いてある喫茶店へ行ってくればいい」

日高はメモをチラッと見て言った。

「行かなければ、どうなりますか」

「君、いいかげんにせんか」

営促部長が、腹に据えかねたように声を荒げた。

「我われは皆、君のためを思えばこそいろいろ心配してやっているというのに、なぜそう反抗的に」

「まあまあ」

常務が制し、日高に笑顔をみせた。

「十八十九の書生さんじゃあるまいし、そういちいちつっかかりなさんな。会って相談したって、別に君の損になることではないだろうが」

「ま、君がどんな選択をするか、それは彼に会ってからでも遅くはないからな」

総務部長は言い、ニヤリと笑ってつけくわえた。

「出演するならするで、演説のテクニックだって知っておいた方が得だろう」

「さて」

常務が、机を軽く叩いて立ちあがった。

「とにかく、判断は君がすることだ。僕たちの出る幕はもうない」

「大人の判断を頼むよ、大人のね」

総務部長もつづいて立ちあがり、日高にうなずきかけた。

「あんまり心配かけるなよ、奥さんに」

「………」

見あげると、彼はニヤリと笑っていた。

「昨日、奥さんのお母さんという方から電話がかかってきた。何とかならんのかって、泣いておられたよ」

くそ、いらぬことをしやがって。拳を握りしめた日高にはかまわず、二人は会議室を出ていった。総務部長、そして常務。

「ところで、営促部長」

ドアを出たところで、常務がふりむいた。

「業務には支障のないよう、充分気を配っておいてくれよ」

「例の総合展示会だがな」

部長が、日高を無視するように、下野に聞いた。

「これからますます忙しくなるな」

「はあ」

下野は顔をあげ、質問の意味を推しはかろうとするように、少し首をかしげてこたえた。

「プランはすべて完成して、あとは実行段階ということになりますから」

「ふん」

部長は鼻を鳴らし、腕を組んで日高を見つめた。日高が見つめ返すと、その眼は明らかに彼を突き放そうとしているごとく、冷たいものになっていた。

「手がすいているのは誰だ」

「は？」

「君の課で、いま余裕のあるのは誰だと聞いてるんだ」

日高を見つめたまま部長が言い、下野はまだその真意がわかりかねているらしく、小さくつぶやいた。

「さて、皆それぞれ仕事は分担していますから……」

「課長」

日高は、下されると決まっている判決ならば早く聞いた方がいいと思い、口をはさんだ。

「部長は、私の替りに誰が仕事をひきつげるのかと聞いてらっしゃるんですよ」

「えっ」

下野は眼を見ひらいて声をあげ、日高から部長へと視線を移した。

「それでは、彼をあの仕事からはずすと」

「当然じゃないか」

いま、この場では、自分が最高位にあることを示そうとするように、彼は腕を組んだままの上体を反らし気味にし、顎をつきだした。

「さっき、常務から念を押されただろうが。業務に支障のないよう気を配っておけと」

下野は口ごもり、視線を落とした。そして、しばらくじっとしていてから、心を決めたように顔をあげた。緊張しているのか、頰がひくひくと動いている。

「しかし、ここまで彼にやらせておいて、いま急に担当をかえるというのは。それに、細かいことや得意先との口約束で進めていることなど、突然別の人間がひきつぐには」

「できんというのか」

部長は下野の言葉をさえぎり、ぎろりと眼をひからせた。

「特定の個人でないとできないという、そういう仕事の分担を君はさせているのか。組織である以上、いつ誰が替ろうと遅滞なく進められるように、連絡を密にしておくことが君の役目だろうが」

「………」

「個人プレイは百害あって一利なし。それが、会社業務というものの本質だろうが」

その公式通りに進めれば、たちまち業務処理の能率が落ちてしまうことは、部長自身がよく知っているはずなのである。

課員一人ひとりに複数の仕事を分担させ、その全体の掌握は課長の下野が受けもつ。そして、決裁の必要なときにだけ、部長が概略の説明を受ける。この一種粗雑な、荒っぽい、

「しかし……」

担当者に走れるだけ走らせる方法によってこそ、極東ハウジングの業績が伸びてきたのであることくらい、管理職にいる者として、当然わかっているはずなのである。

「部下を信頼するのはいい。しかし、信頼と野放しとは違うはずだ」

だが部長は、いまは会社及び組織というものに関する、公式見解しか述べないと決心しているらしかった。日高を顎で示し、下野に命令した。

「展示会がこいつでなければできんということはないはずだ。誰か、別の課員にひきつがせろ」

「……わかりました」

下野は低くこたえ、しかしその命令には不満であることを示す、彼にしては精一杯であろう発言をした。

「日高君と一緒に仕事を進めさせます」

「いかん」

しかし、部長は言下にそれを禁止した。

「こんな男をお得意の前に出せるか。行く先ざきで何を言い、また逆に、何を言われるかわかったものではない」

そして、自分の発言にある危険性を感じたらしく、即座にそれを覆い隠す手を打った。

「君は、先日常務が言ったポリバスの論を忘れたのか」

「…………」

黙りこんだ課長から眼を日高に移し、部長は立ちあがって言った。

「今日のうちに、仕事をひきついでおけ」

「そして、明日以後、私は何をすればいいのですか」

「じっくりと考えろ。今度のことで、自分がどれだけの迷惑を他人や会社に及ぼしたか、あるいは及ぼそうとしているのかをな」

荒あらしくドアを開け閉めして部長が出ていったあと、下野と日高は長いあいだ互いに沈黙していた。

辻と同じく、俺は干されたというわけか。

日高は思い、この先の自分の行動によっては、その処分が急激にエスカレートしていくのだろうと考えた。

最悪で解雇、よくいっても関連子会社への追放だな。出演の一週間前か、あるいは三日前にでも、いきなり文書を示されるのだろう。そして示されたときには、失業保険も厚生年金も健康保険証も、すべて書き換えが完了しているのだ。

「いつだったか、君とこの部屋で切手の話をしたっけな」

下野が弱よわしく笑って言った。

「切手の話、ポルノの話、酒の話。そんなことを喋りあったっけな」

「…………」

「随分、前のことのように思えるなあ」

「そうですね。ほんの二カ月ほど前のことですのにね」

日高の声に、下野は眼をしばたたかせるようにした。

「あのとき、僕は番組のことを話しかけて突然やめてしまった」

彼は、日高を見つめてうなずいた。

「やめずにつづければよかったんだ。そうすれば、君がこんなことにはならないよう、アドバイスもできたかもしれなかったんだ」

「そんなことは関係ありませんよ」

日高は、わざと明るい声をだした。

「アドバイスされてても、僕はこうなっていましたよ。僕の性格がそうなんですから」

下野はじっと日高を見つめたまま、ポツリと言った。

「僕は弱い人間だな……」

「そんなことより」

日高は、話題を変えようと、親指を立ててみせた。

「これの命令です。替りの担当者を決めてください」

「………」

下野はふうっと大きなため息をつき、のろのろと立ちあがった。隅の電話台へ歩き、一瞬ためらってから、受話器をとって社内専用のボタンを押した。

「小山はいるか」

声が、彼には珍らしく、つっけんどんなものになっている。

「ああ、小山か。ちょっと会議室に来い。

何、書類づくり？　そんなもの後でやれ。日高君の机に置いてある展示会用の資料、全部持って会議室に来い。来ればわかるんだよ、ぐずぐずするな」

ガチャリと受話器を置き、ふりむいて日高に寂しそうな笑いをみせた。

「くだらんことだとはわかっているがな」

席へと戻りながら、彼は言った。

「僕が君にしてやれるのは、これくらいしかないんだ」

「………」

「それとも、功を小山なんかに譲るのは、考えただけでも腹立たしいかい」

「……いえ、そんなことはありません」

日高は、下野の内心を察し、ゆっくりと首をふった。

「お得意に迷惑がかからないよう、ちゃんとひきつぎますから御心配なく」

ドアがひらき、小山が書類の入った大きな事務封筒をふたつ抱えて入ってきた。後めたいような、それでいて不満そうな顔をしている。

「展示会の仕事、明日から君がやれ」

下野が、本当に珍らしく命令口調で言った。

「日高君が下地を全部つくってくれているんだ。あとは各地を飛びまわればすむ。おざなりな進め方をしたら僕が許さんぞ」

第五章　岐路

1

どうなるのだろう。本当に、俺はこれからどうなっていくのだろう。

オフィスのあるビルから少し離れた地下街、総務部長のメモにあった喫茶店で、運ばれてきたコーヒーを飲む気にもなれず、日高は考えていた。

同僚も上司も妻の家族も、そして妻の加代子でさえもが、俺を非難し、背をむけ、我が身の安全をはかろうとしているかに見える。

話ができるのは、いまや同じ立場に立たされた辻だけだ。なぜ、こんな理不尽なことに。どうして、こんなに腹立たしいことに。

それにしても、いったいこの先、俺はどうなっていくのだろう。

「失礼ですが」

そのとき、中年の小太りした男が、日高の前に立って声をかけてきた。

「極東ハウジングの、日高さんですか」

見あげてかすかにうなずくと、彼は大仰に相好(そうごう)をくずし、胸の内ポケットに手を入れながら坐(すわ)りこんだ。

「私、こういう者です」

差し出された名刺を見ると、トータルイメージングコンサルタント、中林良行(なかばやしよしゆき)と印刷されていた。ゴチックを使った、必要以上に黒ぐろとした大きな文字である。

「ま、ひとつよろしく」

彼は言い、片手を高くあげてウェイトレスを呼んだ。

「ええっと、コーラと、それから何か食べる物はできる？　え、ふん、ああ、じゃ、そのカツサンドをもらおうか」

言ってから、日高を見て笑った。

「いや、忙しくて忙しくて、今日はとうとう昼飯ぬきになりましてね。はっはっはっ」

とってつけたような声だけの笑いに、日高は眼(め)をそらせた。

「嫌な奴だ」

そう思い、無言のまま煙草を取り出して火をつけた。ふん、コンサルタントなどと言って、どうせまっとうな人間ではないのだろう。大義名分を麗々しくふりかざし、その実、出演が決まった人間にまつわりついて、そこから利益を吸いあげようとするゴロツキに決まっている。何しろこいつは、総務部長が紹介した男なのだからな。

「嫌な奴だ」

日高はもう一度思い、運ばれてきたカツサンドを食べながら喋（しゃべ）る中林を、じっと見つめていた。

「いや、また選挙が近づいてきましたでしょう。ですから、このところ大忙しでしてね」

スーツは、日高よりはるかに上等と思えるツィードを着ている。ネクタイも、チラッと見えた腕時計も、多分最高級品なのだろう。

「前の総選挙で、私が軸になってイメージングした候補者が上位当選しましてね。それがどうやら評判になったらしくて、今回はぜひともという方が大勢で、こちらも、お断わりをするのに難儀しているような始末で。はっはっはっ」

食べた物を口に入れたまま笑い、中林は、コーラをストローで乱暴にかきまわして、グラスをテーブルに置いたまま、顔を近づけて吸い始めた。そして、その姿勢のまま、上眼遣いに日高を見た。

「五人のイメージソングをひきうけているんです。五人のね」

団子鼻で、その表面がぶつぶつしている。

「もちろん、保革誰彼なしというわけじゃない。ちゃんと節操は守っていますよ」

そう言ってカツサンドをかじり、大口あけて笑うのである。

そんなことわかるものか。日高は思い、手段を選ばず金を儲けることに必死の、そのくせ結局は小金程度しかつかめない、人品卑しい成りあがり者だろうと、彼を判断した。

株主総会が近づけば、こういうタイプの男が総務部によく顔を出すのである。

「さてと」

食べ終り飲み終えると、彼は声を落として日高に顔を近づけた。

「いつもお世話になっている部長さんからの御依頼ですから、私も真剣に御協力をさせていただきたいのですが」

語尾のがを強く押しつけるように言い、ますます声を小さくした。

「正直言って、私も忙しい身体(からだ)ですから、やはり何かとこの」

「金のことでしたら、僕は何も聞かされてはいません」

日高は、相手の言いたいことを察知し、切口上で言った。

「とにかく、会ってみろと言われただけなのです」

「なるほど」

中林は鼻白(はなじろ)んだように顔をひき、うなずいてから日高をじっと見つめた。総務部長とのつながりによる極東ハウジングという金ヅルを守り、かつ日高に協力しても損にはならない方法を考えているらしい。

長いことそうしていてから、口元に笑いをうかべた。

「いや、わかりました。それではこうしましょうか。とりあえず私の事務所に来ていただき、資料をお見せすると」

また、ぐいと顔を近づけた。

「いままで御協力してさしあげた方のデータが揃っているわけです。普通ならば、閲覧だけでも何がしかを頂いているのですが」

もみ手でもしそうな声でささやいた。

「部長さんの顔をたてて、無料にします」

「そうですか、それはどうも」

儀礼的にこたえ、日高はレシートをつまんで立ちあがった。

「では、さっそくお願いしましょうか」

結局、コーヒーは飲まないままだった。

無言のまま外に出て地上にあがり、中林が手をあげてつかまえたタクシーに乗った。

「番組出演者のためのコンサルティングなどという仕事が、公式に認められているんですか」

しばらく黙っていてからいきなり聞くと、中林は意味もなく空笑い（からわらい）をし、無関係なことを喋りだした。

「ははは。いや、最近の歌手やタレントには、ろくにテレビの約束事を知らん者も多いですからね。そういった点について、ま、いろいろと何をするわけですよ。ははははは」

うろたえたようなその回答だけで、日高には、この男のやっていることが胡散臭いものであり、それが大衆に知られることを極端に恐れているのだとわかった。

無論この場合の大衆とは、いまハンドルを握っている運転手のことなのである。

「なるほど、そうですか」

日高はうなずき、運転手にも聞こえるように言った。

「何でも商売になるものですね。視聴者が聞いたら、びっくりするでしょう」

「いやいや、はははははは」

この男はと、日高は考えた。

大衆の一員であるのに心の底では自分以外の大衆を馬鹿にしており、しかも表面上は正統者としてふるまいながら実は正統者の存在、逆からいえば異端者犠牲者の存在を商売のタネにしているのだ。品性下劣の見本のような奴だ。こういう男こそ、公開裁判にかけるべきではないのか。

タクシーは、中林の指示に従って都心から少しはずれた裏通りに入り、停止した。三階建ての薄汚れた古いビルがあり、その二階の一室が彼の事務所なのだった。

「おや、秘書はもう帰ったのかな」

先に立って歩き、ドアの前に立ってつぶやいたが、日高にはそれが、彼の何につけても自分を大物にみせようというはったりであると、すぐにわかった。

ドアの鍵をあけて蛍光灯のスイッチを入れ、中林は日高をうながした。

入ってみると案の定、小さな部屋に二人がむかいあって坐る応接セットと彼用のデスク。壁際に本棚とスチールのロッカーがあって、それだけでスペースは使いつくされているのだった。

本棚には会社年鑑や人名録、何十冊かの決算書や経営のハウツー物が並んでおり、専門であるはずのPR関係の本は、数冊しか見あたらない。

結局、日高が予想したとおり、この男は株主総会の時期になると活躍する、世の中の裏情報を仕入れて売ることによって生きている人間なのだった。選挙参謀といい、イメージングコンサルタントといっても、それは多分、名刺を使いわけるためだけの肩書なのだろう。

「あなたが」

日高は、ロッカーの前に立ってその扉をあけようと鍵を使っている中林に言った。

「出演依頼を受けないのが不思議ですよ」

彼はくるりとふりむき、日高を睨むように見つめた。そして声の調子を低く重たいものにして言った。

「ひとこと、お願いをしておきたい」

それまでのつくった笑いは完全に消え、眼が鋭く冷たくなっている。

「いまからお見せする資料、また私が喋ること、それら一切はここだけのことにしていただきたい」

「………」

スト破りの依頼でもあれば、この男はやくざ者を指揮してその期待にこたえる人間なのだろう。日高は思い、自分の顔がこわばっていくのを感じた。

「あなたの指摘どおり、私は危険なことをやっている。世間の馬鹿どもに知られれば、集中攻撃を受けるようなことをだ」

第三者である日高に、馬鹿どもという言葉を遣った。公式の場で言えば、それだけでカメガルー・コートへ直行させられる言葉をだ。

それを堂々と口に出したということは、日高が密告するはずがないと考えてのことか、それとも、密告されても平気だという自信があるからなのか。だが、もしそうだとすれば、その自信はなにゆえのものなのだ。

「ふっふっ」

驚いている日高を見て、彼は笑った。

「馬鹿どもと言ったのがそんなに不思議か。しかし、あんただって実はそう思っているんだろう。大衆なんて、馬鹿の集まりだとな」

自分のペースで話を進められると判断したのか、中林は言葉をぞんざいなものにした。

「僕はそんなことは思っていない」

日高の否定に、軽く手をふった。

「俺にまで嘘を言わなくてもいい」

嘘ではない。日高は、本当に思ってはいないのだ。いまの社会、いまの大衆が置かれ受け入れている状況に腹をたて、彼らを馬鹿げた人間だとは考えているが、あるいは下劣なやつらだとは思っているが、それは状態としてのそれに対する感想であって、本質だとは思っていないのである。

また、思いたくはないのだ。思えば眼の前が真暗になってしまう。妻の加代子が、どこからどこまで馬鹿で下劣な女だと思えば、日高にはその先、何を信じればいいのかがわからなくなってしまうのである。

さらに、そう思うということは、まぎれもなく大衆の一員である自分自身をも馬鹿だと断定してしまうことになるではないか。

自分で自分のことを、そうは思いたくない。

「捨てたもんじゃないぜ」

この言葉を唯一の頼りとして、日高は、本当は馬鹿ではないのだろ、な、そうだろ……と、誰彼なしに聞いてまわりたい気持なのである。

そこで、日高は、自分と眼の前に立っている男との違いがわかったと思った。

彼は、自分を大衆の一人だとは思っていないのだ。何かあれば十把ひとからげに処分されるであろう集団。そのなかに、自分は含まれていないと考えているのだ。

すなわち、その無力さに気づいてはいないのだろう。いわば、岡っ引きか私設特務機関の下っ端のごとく、自らを強者の側に立った人間だと思い込んでいるのだろう。

「まあ、集中攻撃を受けたって、機構にも局にも顔がきくからこの身は安全だが」

案の定、自信の根拠にしては脆すぎることを得意気に言い、彼はニタリと笑った。

「その先、商売のできなくなるのが困るからな」

「…………」

ドスのきいた声で言った。

「とにかく、他所で喋ってもらうと困るんだよ。俺も困るし、あんたも困ることになる」

中林は、人差し指で日高を突く恰好をした。

「出演だけなら精神的苦痛だけですむだろうが、世の中には恐いこともあるからな」

どう考えても、日高は追いつめられてしまうらしかった。誰にどう事実を告げたところで、彼が手をまわして「異端者の悪あがき」と片づけてしまい、自分は知らぬ存ぜぬで押し通して正統者の側に逃げ込む。そして日高のところに、恐いことを商売としている人間をよこす手筈らしいのである。

確かに、それくらいの準備をしたうえでなければ、こんな商売を始められるはずもないのである。これはすでに、ゴロツキの世界なのだ。

日高はうなずき、かすれた声でこたえた。

「わかった。誰にも喋らない」

「ふん」

中林は鼻を鳴らし、満足そうに言った。

「それで安心して商売にかかれる」

ふたたびロッカーにむかい、彼は鍵をあけた。

2

「さてと」

低いテーブルをはさんでむかい側に坐り、中林はファイルをぱんぱんと叩いた。

「このなかには、いままでに俺が世話してきた人間の記録が詰まっている。出演をうまく辞退できたやつ。いきがかり上、出さなければならなかったが、出てから賛成多数を獲得できるようにしてやったやつ。それに、途中で気が変ったとかぬかして援助を断わったやつら、圧倒的多数の反対票を集中させてやったやつの、その後の気の毒な様子などがファイルされているんだ」

「そんなに、どうにでもできるのか」

「毎週、一人くらいならばな」

彼はふっふっと笑った。

「俺としてはもっと多くをお助けしたいんだが、何しろ番組の基本方針は上の上のずっと上で決められてるというからな。現場レベルで融通できるのは、まあ一人が精一杯なんだ」

日高の襟につけられたバッジを指さし、うなずいた。

「あんた、社名を出すまいと努力してくれる会社にいてよかったな。そこまで気がまわらない堅い会社や、まわっても俺を普段から使いこなせない中小企業にいるやつなんか、気の毒なものなんだぜ」

「番組でやられているのは、そんな人間ばかりなのか」

「まあね」

彼はふんと鼻を鳴らして言った。

「大衆が、最も大衆レベルであるやつを攻撃して村八分にしている。だから、馬鹿だというのさ。その例を教えてやろうか」

中林は、ゆっくりとファイルブックをひらいた。

「ええっと、そうだな。まず、出演をうまく辞退できたやつの例からいくか」

彼は無造作にページをめくっていき、その動作をつづけながら、下をむいたままで聞いた。

「辞退の挨拶は知ってるんだろう」

「金を出せということか」

「そうそう」

うなずいて顔をあげ、軽く言った。

「五百万キャッシュ、領収証なしでな」

「ご、五百万だって」

思わず声を高くした日高を、中林は意外そうな表情で見つめ、やがてニヤリと笑ってからかうように口をひらいた。

「そうか、あんたは部長から何も聞いてないって言ってたっけな。ふふ、それでとりあえずここへ来たわけなんだったな。しかしな」

ファイルのページを指先で押さえ、小猾(こずる)そうな眼になって言った。

「まさか、五万十万で片がつくとは思っちゃいなかっただろう」

「……………」

「そんな端金(はしたがね)ですむのなら、誰も苦労はせんものな」

「しかし、五百万だなんて」

あえぐように言った日高に、彼はファイルの一枚を示すようにした。

「まあ、辞退という方法が一番スマートだからな。それくらいは必要なんだよ。機構の係員と番組のプロデューサー、全体から見れば下っ端かもしれんが、現場ではヘッドである人間が納得してくれるんだからな。そのうえ、推薦者も渋々顔して実は喜んでくれるというわけだから、後くされがなくていい。いわゆる、水に流すってやつでな」

その方法によれば、出演予定者リストから名前が消されるという。つまり彼は、何もせず何も言わなかった人間の側へと、戻してもらえるというのである。

「上の方針じゃ、一回の出演者数は五人程度ということになっているんだと。つまり、六人でもいいし四人でもいいわけでな」

それで日高には、この男がさっき言った、一人くらいはという言葉の意味がわかった。現場と組んで、上からの指示の範囲内で出演者数を調整しているのである。

「この男は小さな会社の経営者でな」

よくもまあ、そううまく隙間を見つけたものだな。思っている日高には無頓着に、中林は記録紙を彼の方にむけた。

「労働組合を結成するって言いだした若い社員と口論して、逆上のあまりか、言ってはいかんことを口にしてしまった」

「何を言ったんだ」

「ふん」

　彼は軽蔑しきったように鼻を鳴らした。

「どこの会社でもどんな争議でも、労組の言うことはなるほどもっともだ。しかしそれらは、組合員すべてが勤勉な仕事好きの、真面目な社員だという前提にたって言っていることだろう。わしは、その前提自体が信用できんのだ――とね」

　指先でとんとんと記録紙をつついた。

「気の毒に。この親爺、昔気質の人間だから、要求は働いてからにしろという気があったんだろうな。まあ、確かにお説はごもっともで、ぐうたらのサボリ社員がそれを正当化するために、組合大会で過激な発言をするっていう例はよくあるからな」

　加代子の父親もそう思っているのだろうなと、日高は思った。しかし、あの父親は、この経営者よりは役者が上だった。口論はせず、一刀両断に処理してしまったのだからな。

「しかし、それを言ってはいかんのだよ」

　中林は、この限りにおいては、日高も賛成したくなることを言った。

「言っても、相手がそれを認めるわけがない。火に油をそそぐようなもので、もしその会社にすでに組合があったならば、たちまち吊るし上げをくったに違いないんだからな」

　ここにも、カメガルー・コートの原型はあったのである。

「で、その社長が番組に」

「ああ、だから俺が仲裁してやった」

彼は、自分を公共の利益を守る護民官のように言ってみせた。

「社長が出演して会社がおかしなことになったら、労使がどうとか以前に、社会的な損失になるからな」

「五百万払ったのか」

「なに、最終的には四百五十万で片がついたがね」

中林は、護民官からゴロツキに急変し、得意気に言った。

「普通、辞退の仲介をするときには、機構員へ二百万、プロデューサーへ二百万、推薦者には百万円を払ってもらうことになっている。俺はそのそれぞれから、ごく僅かの手数料を頂くということでな。しかし、この場合には、その若い社員には因果を含めて希望退職してもらったから、百万円が不要となったわけだ。とはいえ、因果を含めるためには軍資金がいるので、五十万を積んでもらったということだな」

そのときにはその社員の周囲に、数万円程度の金で動く何人かのプロが現われたのだろう。日高は思い、眼の前の悪党を見つめた。

この男は、できる限りの小細工をして、自分の取り分を多くしようとする人間なのだ。

ごく僅かの手数料といっても、本当にそれだけなのかわかったものではない。たとえば先方二人には最初から百五十万と言っておいて五十万を先取りし、なおそのうえに「バックマージン」をふんだくっているのかもしれないのである。いったいまあ、何という商売人であるのか――

「五百万払うところを四百五十万ですんだと、この親爺も喜んでいた。俺も若干の増収で喜んでいる。互いにまるく収まって、結構なことじゃないか」

「しかし、そのために一人が職を失ったわけだろう」

そう言うと、彼はこたえた。

「番組に密告するような下司(げす)野郎だ。自業自得じゃないか。そうは思わないか、え」

「…………」

そうも思え、いやそう思ってはいけないのだとも考え、日高は黙りこんだ。

カメガルー・コートは、目的以上に大衆を裁き始めているのかもしれない。そしてそれは誰がそうさせるのでもない、大衆自身がその推進者だと再確認させられたからである。

「で、ずばり聞くが、金はあるのか」

中林は、記録紙を自分の手元にひきよせながら、いきなり話を事務的なものにした。

「ない……」

力なく日高はこたえた。一瞬、加代子の父親からの借金という手が浮かんだが、それに自分は耐えられないだろうと思ったのだ。

「僕はただのサラリーマンだ。とても、そんな大金を用意できるはずがない」

「だろうな」

彼は、もともと期待もしていなかったという顔で、あっさりと言った。

「ま、いままでキャッシュで払えたのは、タレントだの医者だの社長だの、金を持っていそうなやつばかりだったものな」

地獄の沙汰も金次第。そこへ落とされるのは、まさしく経済的にも大衆である人間に限られてしまうのである。

「となると、出ることは出て——というコースですかな」

からかうように言い、中林はまたページをめくり始めた。何枚かめくって、そこで止めた。

「うん、こいつなんかあんたとよく似た男だぜ。サラリーマン、妻あり子供なしだ」

「その人は何を言ったんだ」

「ああ、くだらんことさ」

さっきと同じように記録紙を示し、うんざりしたようにこたえた。

「会社の女子社員に、濃い化粧は好きじゃないと言ったんだ。こいつは、単に好みを言っただけだろうと思うんだがね。それが機構に伝わったときには、化粧は悪いことだということになってね」

「………」

「ひねくれ心で密告したんだな。その女にも会ったが、まあ、化粧をしてどうなるという顔じゃあなかった。意地の悪さと年齢は、そんなことでは隠せんからな」

カメガルー・コートは、私怨を公明正大な手段ではらす機能をも持ちだしているのだった。気にいらぬ相手の言葉尻をとらえ、暴論にすりかえて報告しさえすれば、あとは全国何十万人が味方となって、彼を失脚させてくれるのだ。

「で、この男が泣きついてきてな」

彼の言葉で、日高は自分が拳を握りしめ、身体を固くしていたことに気づいて、力をぬいた。いま興奮してもどうにも仕方がないのである。それより、話を聞くことだ。

「二百万までなら何とかなると言うから、出ることは出ても、賛成多数で助かるようにしてやったよ。まあ、これが一般客へのお勧めコースだな。雑魚でも儲けるために最近開発したんで、お宅の部長さんたちもまだ知らんだろうがな」

「どういう手を打つんだ、それは」

「機構の係員からプロデューサーまでは、やつが犠牲者だということで話が進んでいく。しかし、この二人は書類上の員数さえあえばそれで我身は安全だからな。この場合は、それぞれ五十万ずつで、放送は見なかったことにしてくれるのさ。狙いはディレクター以下、フロアのスタッフだな」

「買収するのか」

「協力依頼料と言ってほしいな」

言いかえをしてニタニタと笑い、中林は日高の言葉を訂正した。

「買収というのは、他の商売をうまく進めるために金を渡すことだろう。俺のは、それ自体が商売なんだからな」

立ちあがってデスクの引出しをあけ、ノートを一冊持ってきた。表紙が手垢で汚れ、縁が破れかけている。それをひらいて、話に戻った。

「まず、ディレクターに三十万渡して援助を頼む。OKがとれれば、出演者の説をすりかえる。新聞に発表する意見も、勿論変更してもらう。そしてその先は、スイッチャーだのカメラだのライトの兄さん達に、それぞれ五万ずつも渡しておけば、それはそれは見栄えのいい姿を流してくれるというわけだ。おっ、このディレクター」

彼は軽く舌うちをして言った。

「もう四百万近く貯めてやがる」

「司会者とか、フリップカードを描く人間には何もしなくていいのか」

「なに、やつらは渡された原稿を読むだけ、指定された文字を描くだけだからな。まあ、たまに小遣いを握らせとけば問題はない」

ふっふっと笑い、日高に秘密をうちあけるように、変に親しげな口調で言った。

「難物はフロアの奴らなんだよな。最初はディレクターとフロアディレクターにだけ金を渡してたんだが、それを知って、やつら嫌がらせを始めやがってな」

「どんな」

「ライトを顔の片側にだけ当てやがるわ、待機中の不安そうな顔を三台ともで狙いやがるわ。何しろナマだからな、そのまま流れて、せっかくの努力にもかかわらず、反対票が三十五パーセントにまで上昇した」

出演者の喋る内容以前に、視覚から入る印象も、得票分布に影響を及ぼすものらしい。まったくの生理的条件反射で、一人の人間が破滅させられてしまうのだ。

「やつらを怒らすと恐いからねえ」

中林はねちっこい言い方をし、日高の顔を覗(のぞ)きこむように見て、話をつづけた。

「一度、公共放送自体を批判して出演させられたやつがいたが、そのときにはスタッフ総がかりでいびってな。声はぶつ切れになるし、カラー調整で黄土色の死人顔にされるし、反対九十八・七パーセントで泣きだしたというからな」

ここにも、職能を権力として使う人間がいたというわけだ。その彼らにしても、いざとなれば十把ひとからげの組に押しやられる者たちなのである。

それを忘れて、組織に対する批判すなわち、自分達への反抗とみなしてしまう。役人根性が、下級職員にまで浸透しているのだ。

「ま、そんなわけで、助けようと思えば、その皆さんにも挨拶が必要なわけさ」

「例の、化粧が悪いというのは、どうすりかえたんだ」

「ああ、それか」

つまらなさそうに、中林はこたえた。

「有害物質を含んでいる化粧品は、身体に悪いから販売を規制しろ——とね」

犠牲者も、金さえ出せば、いとも簡単にデコレーションケーキの販売人になれるものらしかった。

「よく、推薦者が文句を言わないことだな」

日高が言うと、彼は欠伸(あくび)を噛(か)み殺してこたえた。

「番組に文句をつけられるはずがないだろ」

もしそうすれば、ほほうそうですか、それではひとつカメラの前でその御意見をと、スタッフ自らが推薦者となるのだろう。

何という構造であるか。そして、何という狡猾(こうかつ)さであるのか。

「どうだ、二百万なら出せるだろう」

中林は、この線で話を決めようと初めから考えていたらしく、上体を乗りだしてたたみこむように言った。

「安いもんだ、二百万なんて。それで無罪放免だし、フリップカードに社名が出てもかえっていい宣伝になるし。え、そうだろ」

「…………」

日高は黙りこんだ。

3

二百万という金は、いまの日高にとって不可能な額というものではない。

定期預金を解約し郵便貯金をおろしてかき集めれば、明日にでも揃えることはできるのだ。

しかし、果してそれでいいのかと彼は思う。

このエセ大衆社会に腹をたて、番組をカメガルー・コートだと見ぬいている自分がそれを払うのは、結局やつらに負けたということになるのではないかと考えるのだ。

自分の身を守るために同僚を楯に使った小山、それを利用して薄謝をせしめた中年男。あるいは、たちまち態度を変えてしまった同僚達や、亭主のことではなく自分のことを心配して怒り狂った妻の加代子。

さらには、社の上司たちやこの中林という男や、機構の係員である藤村や、まだ顔を見たこともない局の連中。

そして、画面を見つめて残酷な期待感を抱く全国の視聴者たちと、それをどこかから見おろして薄笑いをうかべているであろう誰か。

そういったやつらに、自分はひれ伏して許しを乞い、おめこぼしを願うということになるのではないのかと思うのである。

真実に気づいていても知らぬふりをし、物言わぬ無名氏になって拍手をしろと言われれば拍手をし、笑って暮せと命じられればそうしていく。そういう人間の集団である世界にひきずりこまれる。その第一歩を自ら踏み出すということになるのではないか——

職業と収入と家庭とを守ろうと思えば、その代償として日高は、二百万円という金などとは比較もできないほどの、自分の「生き方」「物の考え方」を捨てなければならないのである。

あるいは、捨てたふりをつづけなければならないのである。

だが、果して、職業や収入や家庭とは、そうまでして守らなければならないものなのか。

自分が食うぐらいのことなら、何としてでも……

「手は早く打ったほうがいいんだぜ」

中林は、日高が金の算段で考えこんでいると思ったらしく、せっつきにかかった。

「金をケチったり払いを遅らせたりすると、局の連中がつむじを曲げることだってある」

俺もそうするぞと言いたげに、彼はへらへらと笑って駄目押しをした。

「この方法は、絶対安全というわけではないんだからな。現場の堅物が首を縦にふらなきゃ、犠牲者は犠牲者として扱われるんだ」

「………」

「ま、そこが五百万と二百万との違いだな。一度、本番直前にプロデューサーがチェックを始めて、現場の勘違いを改めさせたこともあるしな。生きるか死ぬかは五分と五分なんだぜ」

「二百万と簡単に言われても」

とりあえず、日高は逃げを打った。

「僕にとっては大変な額だ」

「そうか、二百万もないか」

中林はしばらく日高の顔を見つめ、ニヤリと笑ってささやいた。

「ならばギリギリ、百八十万までは勉強するぜ」

いまや彼は、人の弱味につけこむゆすり屋になっているのだった。

「ただし、その場合にはお供え(そな)をいただくがね」

「お供え？」

「そうさ。金がなければ品物だ。とかくこの世は、何とかと金っていうだろう」

色と金、色とは何だ、何をさすのだ。

見つめる日高に、中林はニヤニヤ笑いをつづけて言った。

「局の連中、どういうものか女が好きでねえ。特に人妻となると眼がないようだ。もちろん、この俺もその点では人後に落ちないがね」

「………」

「けなげな奥さんもいるものでね。まあ、ああいうのを美しき夫婦愛とでもいうのか、亭主の難儀には身を挺してという心だな」

　苦しみぬいた挙句に彼に仲介を依頼し、しかしそこで百八十万しか揃えられなければ、彼と局の連中とに自分の妻を差し出さなければならないというのである。

　もう二十万があるかないかで、そういう屈辱を受けなければならないのだ。

「あんたの奥さんだって、旦那のためなら一肌も二肌も脱ぐんじゃないのかい」

　下卑た冗談を言い、中林はげらげらと笑っている。

　首を絞めあげてやりたい。日高は思い、そして、もし自分が百八十万しか用意できず、一時的にせよ錯乱して加代子にそれを頼んだら、彼女はどうするだろうかとも考えた。

　答はすぐにうかんできた。

　彼女は一言のもとにそれを拒否し、同時に日高とは無関係の人間になろうとするだろう。荷物をまとめて姿を消し、彼が出演しているときには、民事訴訟の手続を始めているに違いないのだ。

　そのくせ、もし自分が犠牲者にされかけたなら、二十万円以上のことをするだろうとも思えるのだった。

　そんな女ではないと思っていた加代子も、いまはそうなりつつあるように、日高には思えてくるのである。

　自分の妻のことをこう思ってしまうまでに、俺を追いつめやがったな。

唇を嚙んだ日高に、中林はわざとらしく猫なで声をだした。

「それも御無理でしたら、どうぞ他所様で御相談を。手前どもも商売でございますので」

そして、つぶやくように言った。

「といっても、こんな人助けをやっているのは、いまのところ俺だけだけどな」

がらりと高飛車な態度になった。

「それともお前、極東ハウジングなんて大会社に勤めてながら、実は毎週出演しているやつらと同じ、どうしようもない貧乏人なのかい、え」

結局、それがカメガルー・コートの実体になってしまっているらしかった。

中林の存在を知らず、知っていても金を用意できない人間ばかりが、社名を出されたくはないという理由だけで勤務先を追い出され、あるいは社名を出されてしまって遠からず左遷通知のくるであろうことを予測し、絶望してカメラの前に立つ。その彼に、無責任な視聴者が、感情的な判断でとどめを刺してしまう。

そうなってしまっているようなのだった。

「そいつらが、そのあとどうなっていくかを教えてやろうか」

彼は眼をぎらぎらさせ、ファイルブックから、別の記録紙を取り出した。

「せっかく助けてやろうとしたのに、二百万くらいどうにでもなるくせに、自己の良心がどうとかこうとか俺に説教して断わりやがったやつの末路をよ」

中林が、その人物をいまも生理的に憎みつづけているらしいことが、その表情と口ぶりからわかった。

もし「客」が貧乏という理由だけで仲介を断わったのなら、彼はふんと鼻を鳴らしてそのままその人間のことを忘れてしまうのだろう。だが、それ以外の「理性」や「正義」や「良心」などという言葉を使って断わられると、彼には我慢ができなくなるのだ。

なぜならそれは、彼自身の「理性」や「正義」や「良心」に突きささり、それらをめざめさせようとするからである。

自分にもそういう部分はちゃんとあるのだが、処世と金儲けのためにそれらを押さえこみ、無いふりをして世の中を渡っているということを、自分で思い出さなければならないからなのである。

思い出せば自分の負けになり、それまでの生き方が何の価値もないものになってしまう。本能的にそう予測し、それを圧殺してしまわなければ危険だと一瞬で判断して、彼は相手を否定しにかかるのである。

そしてその行為自体をも正当化するために、彼はいつまでも相手を憎みつづけ、他人にもそう言いつづけるのである。

こいつこそ――と、日高は思った。

こいつこそ、大衆という概念の、悪い方の意味を代表している人間なのだ。

「この男はな、俺のやってることを許すことができんとぬかしやがった。番組自体より、もっと悪いことだと言いやがったんだ」

中林は顔を赤くし、記録紙を日高の眼の前で乱暴にふって、自己防禦（ぼうぎょ）である攻撃をつづけた。

「人を助けてやるのがなぜ悪い。それで謝礼を取るのがどうしていけない。ふん、世の中が、そんな青くさい理屈で通ると思っているのか」

ぴしりと、記録紙でテーブルを叩いた。

「そう思うなら、好きなようにしろと言うんだ。どうなってもかまわん覚悟があるのなら、カメラにむかって理屈でも説教でもやってみろってんだよ」

その言葉は、そのままいまの俺に対する警告にもなっているのだと、日高は思った。覚悟があるなら、やればいいのである。そうした人間もいるというのである。だが、なければ黙って言うとおりにしろ。

「その人は、それをしたんだな」

確かめる気持で聞くと、中林はへっと声をあげ、いい気味だと言いたげに唇を曲げて言った。

「馬鹿が。反対九十九・四パーセントで総スカンだ。当然じゃないか。俺をなめるなってんだ」

どうやらスタッフに耳うちをし、総がかりでいびらせたらしかった。

彼はニヤリと笑い、いい譬(たと)えを思いついたというふうに頭をふって、声を元の調子に戻した。

「犯人から、おまえも共犯だと言われて賛成するやつがいるか、泣き虫小僧が説教を始めて、それを拝聴するいじめっ子がいると思うのか。それまで以上に殴られるのがオチだろうが」

あれはまぎれもないリンチなんだぞ。彼は、言外にそれを匂わせているのだった。それを呑みこんだ上で、逃げる方法を考えるのが大人のやり方というものじゃないか。え、違うか？

「で、どうなったんだ、その人は」

「お定まりの転落コースさ」

中林は記録紙を見もせず、その後の経過を並べたてた。きっと暗記するほどに読み返し、自分の勝ちを何度も確認してきたのだろう。

「会社は態よく追い出される。子供は学校でいじめられる。嫁さんは近所で相手にしてもらえなくなる。それが一カ月つづいて、女房子供は出て行ってしまったそうだ。あとから慰謝料だの養育費だのの請求書がきて貯金はすっからかん。親兄弟もいい顔はしないから、いまじゃどこで何をしているのかもわからんのだとさ。まあ、ドヤ街にでも隠れているのだろう」

「なぜだ。なぜそんなめにまであわなければならん」

噂には聞いて知っていたが、その実例を示されてむらむらと怒りの気持が湧きあがり、日高は声を大きくした。

「なぜ、周囲の人物がそこまで除け者にするんだ。つきあっていたって、意見が違うというだけで、何も実害はないじゃないか」

「思い込みが勝手にひろがっていくのさ」

彼はへらへらとした笑いをうかべた。

「大衆なんて馬鹿だからな。物だの金だのを自分のものにするときには、他人を放っておいても平気なくせに、意見とか判断は他人と合わせようとするんだ。しかも、そいつが他人と思って鏡にしているやつら一人ひとりも、それぞれ同じように考えて別の人間に合わせようとする。鏡ばかりがひしめいて、肝心の実体はどこにもないというわけさ」

思考ではなく経験から割り出した解釈を述べているらしく、言っている中林自身には反感を覚えながらも、日高は、説明そのものには妙に共感を覚えていた。

「そこへ何か実体を与えてやると、鏡が乱反射してあっという間に全部が同じ物を映してしまう。そしていざ映ってしまうと、それぞれの鏡は、お互いに他の鏡に同じ物が映っていることを確かめあい、それを実体と思って安心するというわけだ。一人は九十九人の実体を参考にして、自分の意見を決めたと思っている。そして安心している。ところが実は、百人の一人ひとりがそれぞれ互いにそう思いあっているだけなのだ」

これはつまり、マスコミ原理に対する過剰適応だと、日高は思った。

もともとマスコミの流す意見とは、その関係者が考え判断した意見そのものではなく、受け手の多数がこう考えているであろうと推定される「見込み世論」なのである。

だが、受け手はそれを送り手からの確実な情報として受けとり、それに自分をあわせようとしてしまいがちで、すると、「見込み世論」は次第に「確定世論」へと変容していくのである。

そのくり返しがある点を越えると、両者の関係は次第にパラドックス化し、合わせ鏡となっていく。そしていまや、送り手の、多分受け手はこう考えているであろうと予測する意見そのものが、実はその前段階で彼らが送った意見であるという状態になってしまっている。と、日高には思える。

両者とも、実体のない鏡に過ぎないのだ。

それが極端になれば、正誤にかかわらず、絶対不可侵の聖論が成立してしまう。

そして受け手は、自分たちがつくりあげてしまったその聖論に、ひれ伏し服従するのである。

まさしくカメガルー・コートが、そのパラドックスを利用した、受け手による受け手制裁番組なのだ。

「だからその鏡のなかに別の実体が混じると、周囲のやつらは不安になるわけだ。そいつの存在ゆえに、自分も絶対多数とは違った像を映してしまうのではないか。すると他から白い眼で見られるのではないかと思ってな」

中林は、自分の意見を得意そうに説明した。

「自分以外の他人にはそんなことは起こらない、これは自分だけにふりかかろうとしている災難に違いないと考え、だから他から孤立すると勝手に恐れてしまうわけさ。その百人の一人ひとりが、それぞれにな」

記録紙をファイルに戻しながら、彼はニヤリと笑った。

「そこで、勝手に妄想した絶対多数からの孤立という恐怖を払うため、とにかくその別の実体から遠ざかろうとするわけさ。こいつの場合がその典型だ。勤め先の上司や経営者が、世間からの悪印象を恐れてそいつをお払い箱にする。すると近所のやつらが、番組に出て反対の裁定を受けたという実はささいな出来事を、解雇という大きな事実にすりかえて、なお恐れる。馘になるくらいだからよっぽどの、という具合にな」

右の手首を立て、それをパタリと倒してみせた。

「あとは雪崩現象。思い込みが勝手にひろがって大きくなり、遂にはとてつもない危険人物のように思われてしまうのさ」

そしてその理不尽さを一人ひとりがうすうす気づき、後めたさを感じているがゆえに、その反動として、なおのこと自分たち正統者を攻撃する人間には容赦のない報復を加えるというのである。

本来直線的一過的なものであったリンチのシステムが、テレビという大量伝達手段の使用によって無数の人間を巻きこんだために、螺旋状の反復継続性を持ち始めてしまったのだ。しかもその螺旋は、どんどんと巨大化していくのである。

そこまでわかっていて、それを何とかしようという気にはならないのか。思わずそう言いかけた日高に、中林は商売人に戻って言った。

「ま、あんたもそうなりたくなければ、少々の無理をしてでも金をつくることだな」

ファイルブックとノートを重ねて置きなおし、うなずいた。

「何回もあるというわけじゃない。たった一度で、もう絶対に捕まらないコツを覚えられるんだから、勉強料と思えば安いものだろうが」

処世の勘によってそのシステムをみごとに見ぬき、それを金儲けに逆用して我が世の春を謳って(うた)いる小悪党は、ゆっくりと立ちあがって日高を見おろした。

「金を惜しめば、その悪影響は一生ついてまわるんだぜ。さあ、どうするんだ」

「………」

日高には、即答ができなかった。

仕方なく彼は、社の会議室でこたえたと同じ言葉を返した。

「……考えさせてくれ」

「ふん。早く決めないと、変更がきかなくなるかもしれんのだぞ。何しろ、あんたの出演は再来週に迫ってるんだからな」

ふっふっと笑い、中林は言った。

「百八十万のコースの方が、かえってみんな気持よく協力してくれるかもしれんぞ」

「考えさせてくれ」

日高には、とりあえずそうとしかこたえられないのだった。

いま俺は岐路に立っている。

彼は思い、つぶやいた。

「辻、どうしよう。どうすればいいんだろう……」

4

「いよいよ、来週の土曜日ということになったよ」

「………」

「こうなると、何かかえって落着いてくるから不思議だな」

辻が淡々と言い、日高は黙ってウイスキーを舐めている。十一月の終りの土曜日、夕方のマンションの一室である。

「俺が来週でおまえ再来週、くされ縁はいつまでたっても切れそうにないな」

そのくされ縁を――と、日高は考えた。

それを俺は切ってしまうかもしれない。切りたいとは思わないが、土壇場になって耐えきれず、無理矢理断ち切るような行動をとってしまうかもしれない。おまえのように、立派な態度はとれないかもしれないのだよ――

昨夜、中林の事務所を出てから、日高は一人で深夜まで飲み歩いていた。必死に考えつづけているような、あるいはまったく何も考えてはいないような、自分でも見当のつかない気持で、スナックから屋台へ、そしてバーへと渡り歩いていたのである。家に帰り着いたのはすでに明方近く。それから昼まで浅い途切れ途切れの眠りをとり、起きるやいなや、加代子の決心を聞かされたのだった。

「私、思うんだけど」

パジャマの上からガウンを着た姿で食卓にむかい、二日酔いと重苦しい気持とで黙りこんだままの日高に、彼女は形ばかりの昼食を用意しながら言ったのである。

「もし、あなたが番組に出て、それでなおこないだみたいなことを言うつもりだとしたら、私たち、もうどうしようもなくなるわ」

「………」

どろりとした眼で見あげる日高を、加代子は一見平然とした、それだけに怒りの気持がある限界点を越えてしまっていることを明らかに示すような表情のない顔で見つめ、抑揚のない言葉をつづけた。

「あなたは、私が思っているような家庭なんか守る価値がないと言ったわ。だから私も言わせてもらう。変なプライドのために何もかも犠牲にする人とは、一緒に生きていく価値はないと思うのよ」

「お父さんたちにもそう言ったのか」

日高が聞くと、彼女は流し台にむかい、彼に背をむけたままこたえた。

「ええ、言ったわ。昨日、電話で長いこと話しあったのよ。これは三人で出した答よ」

「そうか……」

日高はつぶやき、眼の前に出されたハムエッグを食べる気にはなれず、コーヒーだけを僅かずつ口に運んだ。

言うべきだろうか。昨夜の中林との話を、こいつに言った方がいいのだろうか。

彼は思い、長いことためらってから、口をひらいた。

「それじゃ、もし番組に出て、謝ったり言い訳をしたりしたらどうするんだ」

「………」

皿を洗っていた手を止め、加代子はしばらくじっとしていた。しかし、ただひとことこたえて、また手を動かし始めた。

「するわけないわ」

日高が、そういう言動をとるはずがないと決めつけているのだった。確かに、彼がそういうことをするわけはないのである。藤村にあれだけのことを言った彼が、いざとなってカメラにむかい許しを乞うとすれば、それは最も惨めな負け方ということになってしまう。同じ負けるにしても、それだけはしたくないと彼自身昨夜来思っているのである。

しかし、金を払うとすれば、五百万は無理としても二百万を中林に渡すとすれば、俺は少なくともあの藤村や小山などに対し、ある種の優越感を抱いて負けるということができるのではないか。

日高はそうも考え、しかしその優越感とは何なのかを自分の心に聞いてみて、自分ながら情けなく腹立たしくもなっているのだった。

藤村に対しては、どうだ貴様なんか札ビラで顔を叩けば黙ってしまうだけの人間なんじゃないかと思える余地。

小山に対しては、ざまみろ俺はいざとなればこういう手を使えるだけのワルなんだぞ驚いたかと考えられる隙間。

優越感とはこの場合、単に日高自身が遠吠えのできる筋道を無理矢理つくりあげ、それによって完敗の惨めさから自分を救おうとしているあがきの裏返しに過ぎないと、明らかにわかったからである。

にもかかわらず、辻のように決意をかためることもできず、カメラにむかって泣いてみせるのも絶対に嫌だと思っている。

その優柔不断と身勝手さが我ながら嫌になり、彼は無茶な深酒をしてしまったのだった。

そしていま、加代子に自分が助かる可能性のあることを言ってしまえば、その瞬間、自分の心が大きくそちらに傾くであろうと予測できるだけに、彼は持ってまわった言い方でしか彼女の気持を確かめることができないのである。

「それじゃ聞くが」

彼はコーヒーカップを置き、小さな声で言った。

「もし、番組に出て、僕の意見が賛成多数で支持されたらどうするつもりなんだ」

「笑わせないでよ」

加代子はふりむき、一瞬怒りかけてそれを押さえ、無理に冷静な表情を保ってこたえた。

「そんなことがあるはずないじゃないの」

実はあるのだ。二百万払えば、俺は賛成多数を獲得できる人間になれるのだ。

喉元まで出かけたその言葉をかろうじて喰い止め、日高は言った。

「だから、たとえばだ。もし万が一、何とかなったらの話だ」

「…………」

加代子は、その言葉の真意を探ろうとするように、無言で日高を見つめている。

「それでも、そうなっても、三人で決めた答は変わらないのか」

聞きながら、日高は内心でうんざりとしてきていた。

何を必死に聞いているのだ、俺は。こんなことを問いつめて、結論を変えるというこいつの言葉をひきだせたからといって、それが何になる。もしその答を聞いて、俺が二百万払って助けてもらい、さて何とか元のサラリーマン新婚家庭を構築しなおしたところで、それに自分が満足できるはずがないではないか。嘘の、虚構の、形だけの安楽に、俺がひたりきれるわけはないではないか。辻のことを思い、自分の逃げたことを恥じ、この女に対する不快さをつのらせてしまうことは、わかりきっているではないか。

「……どういうことなの」

加代子が食卓の椅子をひき、エプロンで手をふきながら坐って聞いた。

「もし万が一って、何かそうなりそうなことでもあるの」

言わなければよかった。日高は思い、逆に立ちあがってぶっきら棒にこたえた。

「何でもない。もういいんだ」

「よくはないわ」

加代子は声を高くした。

「思わせぶりな言い方をせずに、何かあるのならはっきり言ったらどうなのよ」

「言ってどうなる」

彼はどなった。思わず言ってしまった。

「金で助かったからといって、お互いの気持が元に戻るはずはないんだ」

「…………」

加代子は眼を大きく見ひらいて彼を見つめ、そして言った。

「そう、そういうことなの」

テーブルの上に両手を置き、ため息をひとつついた。

「お金で何とかなる方法があったのね。だけどあなたは、それを拒否しようと考えてるのね。助かっても、もう私と一緒に住みたくはないと思っているわけなのね」

「…………」

直観で自分の心を見透かされ、日高は内心うろたえた。何かを言おうとしても言葉が出ず、黙って加代子を見おろしているだけだった。

「私、不思議だわ」

加代子が力なくつぶやいた。

「どうして、あなたみたいな人を好きになったのかわからないのよ……」

皮肉ではなく、本当にそう感じている口調だった。突然何の前ぶれもなく涙があふれてきそうになり、日高はもう一度椅子に坐って、加代子の顔を見つめた。相手もじっと見つめ返している。

ひょっとして俺は、本当にこの女が嫌いになってしまったのではなかったのかもしれない……

彼は思い、眼をしばたたかせて言った。

「僕のことを本当に嫌いになったのか」

加代子は黙っている。

「どうして好きになったかわからないと言ったけど、僕もついさっきまではそう思っていた。だけど、そう思うのは間違いかもしれないと、いま思った。嫌いになってしまった、お互いにそう思うようになってしまったことの方が不思議なことなのかもしれないとな」

「……だって」

加代子はつぶやいた。

「あなたが、あんなことを言うからよ」

「そうだ。確かに僕は極端なことをいっぱい言った。でも、なぜそんなことを言わなければならなかったかだ。そして、本当ならあんなこと一生言うはずもないおまえが、我を忘れたように言ってしまったかだ」

日高は自分の言葉にうなずき、そして言った。

「番組が言わせたんだ。普通なら思いもしないような、自分で気づきもしないような底の底のどろどろとした本心を無理矢理ひきずり出し、好きで一緒になった、互いに信頼しあっていたはずの二人にそれを投げつけあわせてしまう、そんな作用をあの番組が持ち始めてしまっているからなんだ」

大衆にはふたつの面がある——と、日高は以前何かの本で読んだ言葉を思い出していた。ある面では革新的で進取の気性に富み、世の中を発展させる力を内包している。しかし同時に、保守的で自己の利益のみを考え、しかも服従を好んで群衆と化す面も有している——

そして大衆という名の人間がどこにもいない以上、それはつまり個人の持つ二面性だということになり、日高にも加代子にも当然それは言えることであって、番組が二人の良い面を封じ悪い面ばかりを露出させたと考えることができるのである。

加代子がそれを出しきり、日高が内心で踏みとどまろうとしながらも、やはり岐路に立って決断を下せないというのは、程度の差こそあれ双方同じ志向で動いていることに変りはないからなのである。なのに、こいつだけを責められるか。

「努力すれば……」

それがわかり、日高は言った。

「ひょっとして僕はおまえが以前言ったことを忘れられるかもしれない。うんざりしてしまったあの気持を、何とか薄めていくことができるかもしれない。ここしばらくに起きたことすべてを、異常事態での当然の防禦反応だと割り切るよう、努力すればね」

一度味わった気持が、そんな理屈で消え去るものだろうか。そう思わぬでもなかったが、だからといって絶対に許さないと突っぱねるのは、あまりに狭量であり人間を理想的に見過ぎることだとも感じたからだった。

「しかし、そのためには二百万という金をまず払わなくちゃならんのだろうけれど」

無言のままでいる加代子に、彼は笑いかけて言った。

「そうだろう。袋叩きにされた場合には、やはり三人で出した答を実行するんだろう」

「………」

日高を見つめる加代子の眼にも、じわじわと涙がにじんできた。そしてそれはたちまち両眼からあふれでて、頬(ほお)を伝い始めた。

「わからないわ」

彼女は声をあげて泣きだした。

「私、そんなことわからない……そんな難しいこと聞かないで……わからないのよ……」

「いいさ」

日高も握り拳で自分の眼をぬぐって立ちあがり、明るい声を出して言った。

「怒って言うんじゃないけど、おまえの好きなようにすればいいさ。答を実行しても、僕はうらんだりはしないから」

そしてつけくわえた。

「僕も好きなようにする。ヤケで言ってるんじゃないよ、これも。とにかく、正直言ってどうすればいいか決心がついてないんだ。

辻のこともあるしね」

涙声で加代子が聞いた。

「辻さんは出るの」

「ああ」

彼はこたえた。

「あいつは僕より立派だ。もうとっくに覚悟を決めているからね」

「出れば、どうなるの。本当に、会社で嫌なめに遭ったり、友達なんかから爪はじきされたりするの」

「………」

見あげる加代子に、日高は黙ってうなずいてみせた。

「あなたも……」

「だろうな」

ニッと笑い、彼は首をふった。

「辻の所へ行ってくる。どうすればいいか、本当のところを打ちあけて相談してみるよ」

そして彼は、服を着がえに奥の六畳へと入ったのだった。

「どうした、黙り込んで」

辻が声をかけた。

「もっと飲んだらどうだ」

「えっ、うん」

日高はこたえ、グラスを口に運んだ。

「会社の打つ手が大体わかってきてな」

辻はニヤニヤ笑いをうかべている。

「どうやら、月曜日にも辞令が出そうなんだよな。報道部辻正次、パーキングサービス会社に出向を命ずとな」

　ウイスキーを飲み、彼はつぶやいた。

「そうなれば、俺はカメラのかわりに他人の車のキイを持たされるというわけだ」

　辻、俺はどうすればいいんだろう——

　日高は叫び出したくなる心を押さえ、頭のなかで同じことをくり返していた。

　俺が二百万払えば、おまえは軽蔑するかい。くされ縁を切ってしまうのかい——

5

「しかし、それにしても」

　辻が言った。

「よくもまあ、これほどの番組をつくりやがったものだなあ」

「そうだな……」

　とりあえずは内心の葛藤(かっとう)を押さえて、日高がこたえる。

「本当に、たった一年でここまで変質するとは思わなかったものな」

「作戦勝ちさ、敵さんの」

辻はウイスキーをつぎ、首をふった。

「以前言ってた反対組織な。あのメンバーのなかに、公共放送のカメラマンをやってるやつもいるんだが、その男の話によると明らかにこれは何か別の目論見があっての番組だろうというからな」

「目論見？」

「そうさ。そいつの話によればだな、あの局というのは、いかなる番組も無失点優先でつくられるということだ。つまり、どこからも文句をつけられないこと、仮につけられてもちゃんと申しひらきのできる用意のあることが最優先事項なんだそうだ。ところが、あの番組だけはその優先事項をとっぱらい、下手をすれば四方八方から抗議や反論が殺到するような、すれすれの危ない線上に組みあげられている。しかるに、そういうものが全然表には出てこない。これを作戦勝ちと言わずして何と言うかだな」

彼は、淡々とした表情を示しながらも、やはり来週に迫った出演を前に気を昂ぶらせているらしかった。不安と背中合わせの、戦いの前の武者ぶるいをしているようでもあり、いつもにまして能弁になっている。

「なぜ文句がつかないか。つけるやつがいないからだ。いるにはいても、それは本当にごく僅かで、ニュースとして取り上げられはしないからだ。いいか、あれに限らずの話だが、番組だのニュースだのＣＭだのに文句をつけるのは誰だと思う。民放ならば、まずスポンサーだ。ああいう番組内容では我社のイメージが下落する、こういうニュースを流されては我社の業務に支障をきたす。だから変えてくれカットしてくれ出さないでくれ、というわけだ」

「そういう経験はあるのか」

日高の問いに、辻はニタリと笑った。

「あるのかどころではない。たとえば、大スポンサーの部長が飲酒運転で人を撥ねたとする。するとどうなると思う。すぐに出入りの代理店の重役だの媒体部員だの営業マンだのが八方に飛ぶんだ。

何とぞひとつ穏便にと、局の営業を通してお願いがまわってくる。新聞社でもそうだ。広告部を通して編集部に御要望がいく。

お願いといい御要望といっても、実は臨時スポットだの単発広告だのお土産をつけたゆさぶりだ。こんなことは日常茶飯事なんだよ」

そのために「お蔵」になったドキュメンタリーやニュースやドラマが無数にあるのだという。勿論、辻の撮したフィルムにも、いまだに倉庫に眠ったままの物がいくらもあるというのである。

「それがあの局だとどうなるか。スポンサーがいないかわりに、官僚だの代議士だの党人だのがぞろぞろと連なっている。そしてそいつらはまた、財界の上層部とも密着しており、あるいは国際資本ともつながっている。そいつらがどういう御要望をするか、少し考えればわかりそうなものじゃないか」

冷蔵庫をあけてチーズを取り出し、ナイフで部厚く切りながら彼は言った。

「それに歯止めをかけるのは誰か。視聴者であり、野党の先生方だ。そのはずだったんだ。ところがあの番組は、視聴者全員を、いや国民全員をその対象とすることによって、文句の言えない状況をつくりあげてしまった。

文句や抗議そのものが、そっくりそのまま番組のネタになるというシステムを軌道に乗せてしまった結果な」

それは、日高が中林からも聞かされたことなのである。あるいは、藤村から直接言われたことでもあるのである。

ほう、それはおもしろい。ではひとつ、その御意見を番組で――

このひとことだけで、文句は自動的に処理されてしまうのだ。

「だから、反対しようと思えば、そのシステムに取り込まれないようなミクロのルートで輪をひろげていくしか手はないんだ。つまり、地下抵抗組織の考え方だな」

「だけど、さっきの野党の先生方というのは、いったい何をしているんだろう」

切ってくれたチーズに手をのばし、日高が、いざとなれば彼らこそ自分にとって助けを求める先になるのかもしれないと思って聞くと、辻はふんと鼻を鳴らした。

「この件に関しては駄目だな。どうやら、まるめこまれてしまったらしい。例のカメラマンの話では、局内労組も動かんから、一度その先生方にむけて内部告発をしようとしたことがあったんだと。ところが、何となく歯切れが悪くてうやむやにされたというんだな」

彼は少し首をかしげて考える眼をした。

「それはわからんでもないんだ。ひとつには、彼らの支持勢力であるはずだった人間達が、番組のシステムによって主義主張以前の実体のない大衆としてひとまとめにされてしまい、しかも彼ら自身それを受け入れているということ。つまり、下手に文句をつけると、大衆政党が大衆の動きに反対するというおかしな状況をうみだすことになってしまうのだからな。恐くて言えないのだろう。それとふたつめには」

辻はチーズをつまみ、もぐもぐやりながら言った。

「はっきり言って、あの先生方はいま、何をどうしていいのかわからなくなっているのじゃないかとも思えるんだ。国際情勢が激変して、後楯だったイデオロギー神話が崩れてきているからな。だからいままでのように自信を持って反対反対とは……」

そこまで言ってハッとした顔になり、辻はしばらく黙ってから、日高の顔を見つめてうなずいた。

「……そうか。ひょっとして、そうかもしれないぞ」

「何が」

「ひょっとして彼らも、方向転換を始めるつもりなのかもしれんということだ。世界の中の日本、アジアの中の日本、いまこの時代における日本。日本を最優先に考えだす気になったのかもしれんということだ。そしてその第一段階として、まるめこまれたふりをして、まるめこまれたことに気づいてもいないということにしておいて、何かに協力……」

彼は言葉を切り、じっと考えだした。

「……だからこそ沈黙……そうでなくてあんな番組を……しかしその何かとは何だ……」

途切れ途切れにつぶやき、ウイスキーを舐め、そしてまたつぶやいている。

「……ポルノのなし崩し解禁……番組……狙いは何だ……世論のチェックか……統制か……何のための統制……何をするための」

「…………」

真剣に考えている辻を見つめているうちに、日高は、自分の迷いを口に出すのがますますつらいことに思えてきた。

二百万円を払って正統者になりおおせることが、唾棄すべき行為に思えてきた。そんなことで職業と収入と家庭とを守って、それでいいのだろうか。ここまで考えて進んでいこうとしているこの男を放ったらかしにし、安全地帯へするりと入ってしまって、自分は後悔しないのだろうか。

勿論後悔し、罪悪感に責めたてられることは、わかりすぎるくらいわかっているのである。

駄目だと彼は思った。そもそも、そんなことをこいつに相談しようと考えたこと自体が、虫のいい、甘ったれた、恥ずべき背信行為だったのだ。

やめよう。そのことを口に出すのは、やめよう。そして、もし自分が共に戦えたならばうちあけて二人で笑い、逃げてしまったならば、いかなる非難や軽蔑をも黙って受けることにしよう。

それに第一、いまそんな相談をもちかければ、それがこの男の戦意を鈍らせることになるかもしれないのだからな。

「わかったぞ」

そのとき、辻が声をあげた。

「狙いがわかったぞ、やつらの」

彼は興奮で眼をぎらぎらさせて言った。

「自衛隊の国防軍改編だ。防衛庁の国防省昇格だ。いまの日本で、これだけの手を打ってかからなければできないことといったら、それしか考えられないからな」

「国防軍と国防省。じゃあ、憲法改正をやるつもりなのか」

「それはわからん。最終的にはやるかもしれんが、とりあえずの優先問題は、防衛力の増強なのだろう」

辻はウイスキーをがぶりと飲み、左の指先でテーブルをせわしなく叩いた。

「そうだ、そう考えればすべてのことに納得がいくんだ。そもそもあの局は、もう何年も前からしきりにアメリカの対日要望を流していた。安保ただ乗り論に関しての、ペンタゴンのコメントやルポをだ。日本は自らを守る努力をもっとするべきだというやつをな。あれがそもそものキャンペーンの始まりだったのかもしれん」

彼は腕を組み、テーブルを睨みつけるようにして話をつづけた。

「背景は何だ。アメリカのアジアからの段階的撤退だろう。いま、太平洋の防衛線はフィリッピンから日本を結ぶ線にまで後退している。しかもその両国ともいわば外郭最前線であって、アメリカ自身の防衛ラインはグァム島にまで退(さが)ってしまっている。一方、ソ連はウラジオの艦隊を増強して空母や原潜を太平洋に進出させ、ラオスに陸上の大空軍基地を持つまでに成長してきた。世界規模の情勢把握をした場合、自由主義陣営の大国である日本が何もしなくていいはずはないじゃないか。何もしなくてアメリカやアジア諸国やオーストラリアから許してもらえるはずがないじゃないか」

確かに、善悪は別にして、いままでの日本の、自由主義陣営に対する軍事的責務は過少にすぎたのである。日本人はそう思わなくても、他の国の人間がそう考えていることに間違いはないのだ。

それがここに至って、知らぬ顔をしきれなくなったということなのだろうか。あるいは与野党揃って、何らかの危機を感じ始めたということなのだろうか。

日高がそう聞くと、辻はこたえた。

「多分その両方だろうな。実際問題、東南アジアでの紛争を見ていると、もはや国家間のイデオロギーによる連帯は絵に描いた餅にしか見えなくなってきている。前の話じゃないが、マキャベリズムあるのみだからな。日本という国が、それにむけて方向を変えざるをえんと判断したかもしれんぞ」

「だけど、全方位外交だってマキャベリズムだろう」

相談をしにきたのであることも忘れ、日高はひさしぶりの議論にひきこまれて身を乗り出した。

「あれは、かなり外交テクニックだと思うがな」

「だから、それが通用させてもらえなくなってきたんだ。そして第二には、いろんな国からいろんな理由でもって貿易を制限され、生産力を他の面にむけなければ経済の急落と社会不安を呼び起こしかねん情勢に追いこまれてきたという理由もあげられる。商業マキャベリズムが通用しなくなってな」

「そこで、軍事産業をというわけか」

「そうだろう」

辻はうなずき、つぶやいた。

「そうとしか考えられん」

だとすれば、つまりこういうことかと、日高は考えた。

自衛隊を国防軍に改編して師団数をふやす。同時に装備をいままで以上に国産化し、産業界に継続的な発注を保証する。そうすれば、自由主義陣営諸国からの要求にもこたえられ、かつ国内の経済を浮揚させることもできる。なるほど、そう思ってみれば、何年か前に騒がれるだけ騒がれて結局うやむやになってしまった「原子力潜水艦国産計画」も、ひとつの観測気球(バロン・デッセ)だったのだと考えることができる。正面からの攻撃では効率の悪すぎることを知り、今度は迂回(うかい)作戦をとったというわけなのだな。ポルノのなし崩し解禁から始めて、世論構築作戦をなすべく、あの番組を開始したということなのだな。そしてそれがたったの一年でここまで来てしまったということは、計画者にとっては思惑どおりの進行状況なのかもしれない。ならば、この先あの番組はどう変り、我われはどう動かされ流されていくのだろう。来年には、三年後には、あるいは五年後には——

「ふうむ、しかしそうだとすると」

辻がグラスを片手にして言った。

「俺たちは、何も俺たちだからリンチを受けるのではなく、リンチの犠牲者がその計画上必要だから受けるに過ぎないのだということになるな」

まさしくそのとおりなのだった。辻も日高も、喋った内容がではなく、喋った時と所が悪かったから引っぱり出されることになったとしか考えられないのである。

「まったく、上の方の考え方が冷徹であることには感心するな」

辻は言い、ニヤッと笑った。

「そういえば、以前ある革新政党の幹部からオフレコで話を聞いたことがあるが、そいつが言ってたな」

「何と」

「聞いて驚くなよ」

彼はウイスキーをあおって言った。

「いま世界がこうなるのならば、むしろ第二次大戦でナチスがシベリアまで進撃して、ソ連が崩壊して、それから打倒された方がよかったのかもしれんとな」

逃げてもいいのではないのか。辻の言葉に、日高はふたたび自分の進む道を考え始めた。

そういう考えで「上」が動いているということを何ら知らされていない俺だ。あの番組ごときを相手に自分の信念を貫く必要などないのではないのか。相手が仕掛けた罠に自ら飛び込んで有形無形の損をするよりは、へいへいと頭を下げておいた方が利口であるし、それが逃げたことにもならないのではないのか。

なぜなら、俺とやつらの関係においては、共通の対決基盤というものがないのだからな。

「よし、ひとつそれも喋ってやるか」

だが、辻の闘志ある言葉を聞かされれば、日高の思考は逆戻りせざるをえないのだった。

自己弁護だ。正当化をしようとしているのだ。この憎むべき俺の「大衆」部分めが——

第六章　選択

1＝a

十二月第二週土曜日の夕方。

日高はコートの襟を立て、ポケットに両手を入れて放送センターの表に立っていた。はやくも陽が落ちかけて、ビルの影を長く長くのばしている。

「何という巨大な建物だ」

彼は国旗掲揚ポールのそばへゆっくりと歩き、顔をあげてぐるりと三方を見まわした。

左手にスタジオブロックと呼ばれる棟があり、正面には、背後に高層二十三階建ての本館ビルをひかえた建物がつづいている。そして右手は六階建ての多目的ホールである。

「コンクリートの城だ」

日高はつぶやき、コンクリートをフランス語ではベトンということ、そしてその言葉は軍事用語としてよく使われることを思い出して考えた。

「ベトンで固めた巨大要塞だ。電波の大砲をぶっ放し、ますます堅牢になっていく、情報化社会の不落の大本営要塞だ」

俺はいまからその内部に突入する。辻につづいてこの要塞のなかに突っ込み、立派に宣戦の布告をしてやるのだ。

彼は思い、闘志が湧きあがってくるのを感じて正面玄関を見据えた。

宣戦布告をしてどうなるか、そんなことくらいはわかっている。俺が言葉を吐き終えた瞬間、全国に散らばる敵からの反撃が始まるのだ。辻がそうされたと同じように、信号の弾丸が八方からここに集中し、巨大な数字となって俺を叩き伏せようとするだろう。

だが、そんなことで俺が倒れると思うか。

泣きわめいて、許しを乞うと考えているのか。そうはしないぞ。モニターが何十万人に増えようと、それが全国民の意志を代表している集団だとは、俺は思わない。思いかけたこともあったが、思わないことに決めた。

辻やその仲間たちと協力し、いまは沈黙を守っている圧倒的多数の人間に口をひらかせるよう、あらゆる手を打ってやる。初めは針で突いたほどにも感じられない攻撃でも、じわじわと力を貯わえ、いつまでも粘り、遂には何百万何千万の針を揃えて、この要塞を包囲してやるのだ——

「すでに俺は、普通の暮しをふり捨てたのだからな」

日高は思い、首をふってから、センターの正面玄関へと歩きだした。

土曜の夕方だからだろうか、広いロビーに入ると人影はほとんどなく、制服を着た警備員が無表情に立っていた。

日高は、彼が入った所からは少し左斜め前にある受付カウンターへと進み、数日前に速達親展で届けられた通知書をコートのポケットから出して示した。

「出演者です。米田さんをお願いします」

時間外のためらしく、そこに坐っているのはごま塩頭の守衛だった。

「米田さんね」

彼はこたえ、館内電話を取りあげてボタンを押した。

どんな男だろう、米田とは。藤村のような、職務だけを理詰めで遂行する冷徹な男だろうか。それとも、中林の如く立場を利用して自分の利益のみを追求する下司な人間なのだろうか。

考えてみれば、その双方を兼ね備えた男であるようにも思えてくるのだった。そうでなければ、あんな番組を担当し、かつ裏金を取るなどということのできるはずがないのである。

だがそれにしても、その彼も家に帰れば妻がおり子供がおり、夫として父親として、笑い、叱り、誉め、教えをやっているのだろうに。そしてそれは米田に限らず、藤村にも中林にも、あるいは社の上司達にもあてはまることなのだろうにな。

いったい彼らは、自分自身のその分裂を何と考えているのだろう。わかっていて、使いわけているのか。それとも、そんなことに気づいてさえいないのか。前者なら小悪党であり、後者ならば阿呆だ。

日高が思ったとき、守衛が電話を終えて声をかけてきた。

「すぐに参りますから」

「そうですか」

彼はこたえ、ふと思いついて聞いてみた。

「あの番組、御覧になっていますか」

「いや」

相手は、恥しそうにぼそぼそとこたえた。

「仕事が夜だもので、その、見ようと思っても……」

「その方がいいですよ」

何となく肩を叩いてやりたい気持になり、日高は笑顔をつくって言った。

「あれは、人間を卑しくしますからね」

「日高さんですね」

そのとき声がして、ふりむくと、そこに小柄な男が立っていた。紺のスーツの上から茶色のジャンパーをはおり、手には黄色い表紙の部厚い台本を丸めて持っている。

「私、担当の米田といいます」

「………」

彼がごく普通の、どこにでもいそうな男であることに日高は意外な印象を受け、しかしすぐにそれを打ち消してこう考えた。

こういう男だからこそ、どうにでも変れるのかもしれないな。

「控室に御案内します」

彼は無表情に言って歩きだした。日高も無言でその後につづく。

廊下を進んで右に折れ、エレベーターで何階分か降りて、また進んだ。

「こちらです」

通路の両側にドアがポツンポツンとある区画に入り、米田は足を止めて右側のドアを手で示した。

「しばらくここでお待ちください。後でまた来ますから」

「………」

彼はそのまま背をむけて遠ざかり、日高はその後姿をしばらく見つめてから、ノブに手をかけた。

一瞬ためらって、ノックをせずにドアをあけると、すでに先着者が来ているのだった。気の弱そうな瘦せた中年の男と、日高とほとんど同じ年恰好（としかっこう）をした男だった。中央に長机があり、周囲にパイプ椅子が置かれていて、二人はむかいあわせに坐っている。黙礼して近づき、日高は若い男のとなりに腰をおろした。

机の上の灰皿をひきよせ、煙草をとりだして火をつけた。しばらく沈黙がつづく。

「鏡がありますよ」

突然、むかいに坐っていた中年男が声をかけてきた。見ると確かに、部屋の一方の壁に等身大の姿見がはめこまれている。

「そうですね」

日高はこたえ、そのまま煙草を吸いつづけた。

「み、見ないんですか。鏡を見て、服装とか髪とかをチェックしておいた方がいいんじゃないですか」

「僕はかまいません」

この男、自分でそうしたくて仕方がないのだな。この期に及んでも、まだ、ひょっとしてそうすることで助かるかもしれないと考えているのだな。日高は思い、つけくわえた。

「無意味ですよ、そんなこと」

男はおろおろとした視線を泳がせ、もう一人の出演者を見た。彼はうつむいてじっとしている。

「………」

中年男は吐息をつき、肩を落とした。机に両肘をつき、頭をかかえている。その腕が細かくふるえているのを日高は確認し、口をひらいた。

「恐がることはありませんよ。たかがテレビじゃないですか」

「たかがって……」

男は眼だけをあげてこたえた。

「そのたかがが、私から何もかもを奪おうとしてるんじゃないですか。そりゃ、あなたはまだ若いからそんなことを言えるかもしれないが」

「どうも、御苦労さまです」

そのときドアがひらき、米田がふたたび姿を見せた。

丸めた台本を脇にはさみ、両手にパック入りの弁当を三つ持っている。

「どうぞ、これでも召しあがってお待ちください」

机の上に置いたのだが、無論、誰も手をのばす者はいない。米田もそれには無頓着に、台本をひろげて喋り出した。

「通し稽古は六時からの予定です。それが大体一時間半から四十分ほどかかりまして、しばらく休憩したあと八時から本番と、こういう段取りになっています」

彼がいままでにどんな番組を担当してきたのかはわからないが、まるで教養番組の打ち合わせでもするように、淡々と事務的に説明をつづけている。この男にしてみればと、日高はその声を聞きながら思った。いまは単に、レギュラーの仕事を片づけにかかっているに過ぎないのだろうな。

「ま、そう緊張なさらなくとも、別に眼の前に観客が並んでいるわけじゃありませんから、ランスルー一回で大丈夫ですよ」

プロの余裕でアマチュアに教え、軽口を叩きさえしたのである。

「たった三分、ラーメン作るようなものですよ」

にもかかわらず、その三分間の有効な使い方を教えてはくれないのだった。なぜならそれは彼の職務外のことであり、出演者が言いたいことを半分も言わぬうちにタイムリミットで切られようと、あるいは逆に一分余って立往生しようと、知ったことではないからである。

もしその点を追及すれば、彼はこたえるだろう。

「いやあ、そうおっしゃられても、発言内容だの時間配分だのにまで口をはさむと、意識操作じゃないかなんて言われますからねえ」

何という男だろう。日高は思い、番組が終って自分が立派に発言したことを他の二人に確認させてから、この男の眼の前で、組織への参加を勧めてやろうと考えた。

「こういう人間を倒すための組織ですよ」

そう言って、米田個人にも宣戦を布告しようと決めたのだ。

放送が終ってからだ。終って、俺が絶望しているはずだとこいつが思っているそのとき、堂々と宣言してやるのだ。いま言うよりも、その方がこいつにとっては打撃が大きいだろう。それにいま言えば、本番中にどんな報復をされるか、わかったものではないからな。

「ええっと、あの」

中年の男が、米田に声をかけた。

「は、何でしょう」

「昨日の新聞告知によると、今夜の出演者は六人だということでしたが、あの、残りの三人はどういうことに」

「ああ」

かすかに笑いをうかべて米田はこたえた。

「二人が別の控室で待っておられますよ。ここは狭くて入りきれませんからね」

「二人……」

男は首をかしげ、わざとらしくもう一度同じことをつぶやいた。

「二人……発表では六人だったのに……二人」

「じゃ、六時前にお迎えにまいりますから」

米田は言い残し、そのままドアをあけて出ていってしまった。

「残りの一人、来ないつもりなのかな」

中年男が、ひとりごとのように、実は日高たちに聞いてもらいたい気持をありありと示して言った。

「こないとすると、どうなるんだろう」

指先で机をコツコツと叩き、声を少し大きくした。

「出演不能だからって、司会者が代行するのかな。それとも、来週にまわされるんだろうか」

二人が沈黙を守っているので、彼は言葉を切ることができなくなってしまったらしかった。

「いや、来週まわしなんてことはないよなあ。出演者はいつもいっぱいだっていうものな。ふむ、となると、やはり司会者の代行か」

ニヤッと笑い、それからふっふっと声に出して笑った。

「馬鹿だなあ。そうなればますます印象が悪くなるのに。出て説明すれば、ひょっとしてOKがもらえるかもしれないのに。初めから投げるなんて、馬鹿だよなあ」

遂に我慢しきれなくなったらしく、彼は日高の横に坐っている男に声をかけた。

「な、馬鹿だよな。そんなことすりゃ、印象が俺たちよりもっともっと悪くなるに決まっているよな。そうだろう、そう思わないか」

男はどなった。

「うるさいよ、くだくだと」

「だからといって、お前が助かるわけでもないだろう。静かにしてろ、いい年をしやがって」

「…………」

彼は黙り、そして大きなため息をついた。

それはまさしく、絶望した中年男の、暗く重いため息だった。

「ちょっとお話があるのですが」

日高は、黙っていられない気持になり、勧誘のきっかけだけでもと思って口をひらいた。

「…………」

「…………」

二人が彼の顔を見つめ、一人は疑うような、もう一人はすがるような眼つきをした。

「あなた方は、明日からどうなさるおつもりですか」

「どうって……」

中年男が問い返した。

「どうって、何のことです。何か、私たちが助かるような、そんな手でも御存知なんですか」

「いや、そういう意味じゃありません」

日高は二人の顔を順に見つめて言った。

「僕は明日から別の世界の人間として生き始めます。もし何でしたらと思いまして……」

2＝a

初めて入ったテレビのスタジオは、体育館のようであり倉庫のようでもあった。だだっぴろいフロアがひろがり、四方の壁は殺風景にそそりたち、天井には無数のバトンが格子状に走って、そこからライトが吊り下げられている。その隙間からは、天井に密着して伸びる空調用の太いダクトや、うねうねとからみあうケーブルが見えているのである。

一方の壁際に、その半分ほどの高さでパネルが立てられており、手前に司会者用のテーブルが用意してあった。

見まわすと、畳一枚ほどの大きさで高さ三十センチばかりの台が、等間隔でコの字型に六つ並べられている。そのそれぞれには、マイク付きの小型の演説卓が乗っている。フロアにも太いケーブルがうねり、それを眼で追うと、カメラにつながっている。三台あって、1・2・3ではなく、A・B・Cというプレートがついていた。

「民放と同じ符号じゃ沽券にかかわるとでも思ってるのかな」

日高は埒もないことを思い、指定されたステージ台の上に立ちつくしていた。

その意識とは無関係に、ランスルーが事務的に進められている。

スタッフたちはそれぞれの職務を、余裕たっぷりの態度でこなしていっている。

米田も副調整室からの指示に従い、日高たち三人と、別の控室で待機していたという他の二人に、順に注文をつけているのである。

「ええっと、あなた、アップにしたときに無精髭(ぶしょうひげ)が目立つようですね。休憩時間中に剃っちゃってください。あの、この方にシェーバー貸してあげてね」

気のせいか、その別組の二人に対するときの彼の態度が異なっていると、日高には思えた。

「提灯(ちょうちん)持ちなのだな」

彼は思い、自分とは離れたステージ台に立っているその二人をじっと見つめた。

一人は禿頭の爺さん。もう一人は、でっぷりと太ったこすっからそうな中年の男である。

おだてあげられて出演を了承したのか、あるいは日高がもう少しでそうしかけたように、中林に金を払って安全圏に入ったのか、表情に不安感がまったくなく、二人はむしろ生き生きとして米田の指示を聞いているのだった。そして物珍らしそうにあちこちを見まわし、にもかかわらず、日高たちと視線を合わせることは極力避けているかに思えるのである。

「ふん、それでも恥だけは知っているというわけか」

日高はつぶやき、恥という言葉から、会社の上司たちの言葉を思い出した。

迷いに迷った末、どうしても金を払うことが自分自身に許せなくて、彼は中林の指定した日時を見送ってしまった。するとその翌朝さっそく例の会議室に呼び込まれ、部長や常務から責められるだけ責められたのだ。

——馬鹿か、貴様。インテリぶるのもいいかげんにしろ。それとも何か、会社の名前に傷をつけたくて、わざとやっているのか、あるいはわしらのような、ごく普通の世間を渡ろうとしている者に、何か怨(うら)みでもあるというのか。恥を知れ、恥を。

「恥を知っているから、こうしたのです」

ふん、おもしろい。ならば好きなようにするがいい。しかしな、言っておくが会社を甘くは見ん方がいいぞ。おまえがテレビに映るとき、そこに社名が出るとは思うなよ。そして、裁判で身分保全の申立てをしても、それが認められるとは思うなよ。そっちがその気ならば、わしらは決定を下さざるをえん。

おまえは、明日付で懲戒解雇だ。そうされて仕方のないだけの材料は、総務部にもあるし労組事務局からもちゃんと届いているのだからな。

「覚悟しています」

そのとき日高はこたえ、宣言したのである。

「好きなだけデッチあげの材料を並べてください。法廷に持ちこめば、三年五年とあなた方はひきのばしを図り、仮に僕の申立てが認められても、仕事を与えない腹づもりでしょう。そんな会社にしがみつこうとは考えてはいない。結構です。どうぞ、御自由に」

そしてその夜、彼は加代子にこう告げたのだった。

「好きなようにしてくれていいよ。僕はどうなってもおまえを怨んだりはしないから」

「…………」

加代子は涙をいっぱいためて日高を見つめ、声をふるわせて聞いた。

「やっぱり、辻さんと一緒に組織に入るの」

「ああ」

彼はこたえた。

「いまから離婚届けを書いて僕の印鑑を押す。それを預けるから、その先は自分で決めてくれ。お父さんたちとも相談して、あのテレビに出たあの男の妻だと言われるのに耐えられないと思ったら、印を押してくれればいい」

「そんな……」

加代子は顔をこわばらせ、その先は何も言えなくなって、泣き伏してしまったのである。

「その結論がいま頃出ているかもしれない」

日高は思い、午後一緒に家を出た加代子が、いまは実家に両親をたずね、迷いに迷いながら放送開始を待っているのだろうと考えた。

そしてその開始時刻は、あと数十分先に迫ってきているのだ。

「どうなってもいい。仕方のないことだ」

日高はつぶやき、ランスルー終了を告げる米田の声に、肩の力をぬいてステージ台から降りた。

「ちょっとお集まり願いまあす」

米田がアシスタントの若い男から白封筒の束を受けとり、声をあげた。

「先に、謝礼をお渡しいたしますので」

「………」

名前を確認しながら、彼は無造作に封筒を手渡し始めた。別組の二人は押し戴くように受けとり、いそいそと伝票にサインをしている。

「どうぞ、日高さん」

だが、差し出された瞬間、日高はその手を払いのけてどなっていた。

「茶番臭い真似をするな」

米田は一瞬びくっと身体を硬直させ、ついで顔を青白くしていった。他の出演者やスタッフたちが、それぞれひとかたまりになったまま二人を見つめ、広いスタジオ内がしんと静まりかえった。

日高はゆっくりと手をのばして白封筒を米田の手から取り、そのまま一気にひき裂いた。

「こんな物を配って、それでお前達は、この番組もごく普通の仕事なのだと割り切るつもりか」

スタッフ連中の方をむき、指をつきつけた。

「出演者がいる、それをカメラで撮る、そしてギャラを支払う。それで、ごくありふれた仕事がひとつ片づいたと思うのなら、お前らはロボットなんだぞ」

「何をそんなに怒ってらっしゃるんですか」

米田が、声だけは淡々と、しかし眼には明らかに敵意をうかべて言った。

「これはごく普通の視聴者参加番組なんですよ」

「もうそんなことは言わなくてもいい」

日高はこたえ、当然この声はマイクを通って、副調整室のプロデューサーやテクニカルディレクターの耳にも達しているだろうと思った。そしてその結果は、自分に対するスタッフ総がかりのいびりになるだろうと考えた。

だが、それでもいいのだ。そうされなくてもすでに運命は決まっているのだから、いまさら反対票が激増しようが満票になろうが、もうどっちでもいいのである。

「あんたにひとつ質問をしたい」

日高は、あくまで普通の番組として仕事を進めようとしている米田を、真正面から見据えて言った。

「三分間はどう使ってもいいのか」

「どうといいますと？」

切口上で彼は問い返した。

「番組内容に関係のないことを喋られるのは困りますが」

「関係あることを喋る」

日高は一歩踏みだし、スタジオ内にいる全員に聞こえるように宣言した。

「この番組は、カメガルー・コートだと言ってやる」

うっというううめき声が仲間から洩れ、米田やスタッフたちはニヤリと笑った。

やがて、米田は言った。

「馬鹿なことを」

「そんなことは、あなたのユニークな御意見とは何の関係もないでしょうが」

彼は一人でうなずき、日高が立つことになっているステージ台を指さした。

「さっきのランスルーでおっしゃってた内容、えと、何でしたっけ、あれの方がよほど説得力がありますよ」

「あんた達が望んでいるのは、いかに視聴者が出演者により大きい反感を抱いてくれるかということだろう」

日高はニタリと笑って言った。

「だから、あれよりもっと反感を買うことを言ってやろうというんだ。どうだ、その方が思うつぼだろうが。それとも、あんたが裏金を取ってることを喋ってやろうか」

じっと日高の顔を見つめていた米田は、ふんと鼻を鳴らしてこたえた。

「名誉毀損が罪になることを御存知の上でなら、ま、お好きなように」

くるりと背中をむけ、ぱんと両手を叩いた。

「本番十分前、用意願います」


「う、嘘なんです。嘘なんです、それは」

いつの間にか本番が始まっており、むこうのステージで、中年男がうわずった声をあげている。

「私はそんなことは言わなかった。わ、私はただ単に、宣伝カーを連ねて家にまで押しかけてくるのは困ると。そうでしょう、いきなり家にまでやってきて騒がれたんでは、誰だって困るでしょう。そのことを、ただ単に言っただけで……」

犠牲者第一号は、彼の声以外は何の物音もしないスタジオ内で、照明を受けたステージ台の上から、レンズにむかって身を乗り出して哀願をつづけているのだった。

いま、この現場では、その相手が機械であるだけになおのこと、その姿はみじめに見えている。そして両者の関係が無慈悲なものに思えてくる。

「ですから、何もその運動に反対とか、その団体員とはつきあわないとか、そんなことを言ったわけじゃないんです。本当なんです、信じてください……」

勤務先では課長か部長補佐といった役職について、それなりの威厳を示していたであろう彼は、それら一切を剝奪され、あるいは自ら捨てさり、ただひたすら世間様に許しを乞う敗残者になってしまっているのだった。

「さあ、ただいまの御意見について、あなたはどう思われるでしょうか」

三分ジャストで容赦なくその音声をカットし、画面だけは彼のひきつった顔のアップで残して、司会者の明るい声が入った。

「いつものように、賛成の方は825、反対の方は826を。では、北海道地区の方から、はい、どうぞ」

日高が見ると、モニターテレビの画面下三分の一に赤い数字がダブって出、それがたちまち視聴者代表の意志を伝え始めた。

0：10428、1：16235、1：23466……

それとともに中年男の顔がはっきりと絶望の色を見せ、東北・関東・中部と進んだ頃には、画面いっぱいにゆがんですすり泣きを始めているのだった。

「…………」

それ以上モニターテレビを見ていられなくなり、日高は演説卓に両手をつっぱったまま、眼をつむった。

「さあ、それでは次に……」

「……という御意見ですが、この点をひとつ……」

司会者の、提灯持ちを紹介する声が聞こえてくる。そして、待ちかねたような爺さんのしわがれ声。それ以外に音はなく、水の底のようなスタジオで、無罪確定人をはさんでのリンチは、淡々と進められているのだった。

長いこと耳だけでそれを実感し、ふと眼をあけると、カメラがすでに日高の眼の前にまで近づきつつあった。

もう一人の犠牲者は遂に姿を現わさず、司会者がその代行を勤めている。

多分その男は、いまこの瞬間、たった一人でテレビを見つめているのだろう。自宅でか、それとも遠い街の安ホテルでか、あるいは地下街の雑踏にまぎれて、電器店のウィンドーのテレビを——

「次だ」

Cカメがレンズを彼にむけた瞬間、日高は心臓が高く鳴りだし、脚が細かく震え始めたのを感じていた。卓につっぱった両てのひらが、じっとりと汗ばんでくる。

「落ちつけ、落ちつくんだ」

思えば思うほど、それは逆にひどくなっていくのだった。いつしか頭が空白になり、次には、そこからまったく別の映像が湧きあがってきた。

日高はいま、濃く厚い雲がのしかかるようにひろがる、夕暮の荒野に立たされていた。ステージ台の上に立ち、はるか彼方（かなた）どこまでもつづく暗い空を眺めている。

雨は降っておらず、風だけが強く吹き荒れて轟々（ごうごう）と鳴っている。

気がつくと、彼の右手にもステージ台があり、そこにも男が立たされていた。そしてそのむこうにも、そのまたむこうにも。一定の間隔を置いて、雲と薄闇にまぎれて見えなくなる遠方まで、遠近法の見本の如くステージ台がつづき、人が立ちつくしているのだった。

茫然（ぼうぜん）として、ただ前方を見つめながら……

左手を見ると、これも同じだった。

無限の荒野に、無数のステージ台が、人を一人ずつ乗せて連続しているのである。

そして、眼の前には幅の狭いきゃしゃなレールが走り、それは連続するステージ台と平行にどこまでもつづいているのだった。

その右手はるかに、チカッと光があった。

それは、映画用のカメラとともに台車に乗せた、スポットライトの光だった。カメラマンとライトマンを積んだ台車が、ステージ台に立ちつくす人間を横移動で撮しながら、ゆっくりと近づいてくる。一人ひとりの弁明は、ただ、その台車が眼の前を通過する間だけしかできないのである。

風はあいかわらず強く、どこまでもひろがる無彩色の雑草が騒いでいる。日高の髪は乱れ、右隣りに立つ男のマントがあおられ、そのむこうの女も頰に手をあてている。

そしてそれとはまったく無関係に、台車はゆっくりと、確実に近づいてくるのである。

スポットの強烈な光で一人ひとりの顔を照射しながら、刻一刻と進んでくるのである。

「何だこれは」

日高は頭の隅で我に返り、その映像を見つづけながら考えた。

「昔、こんな夢を見たのか。映画か。昼の食堂。鶏の昼食。映画。審判。何だこれは」

どこからか、重苦しい声が聞こえてきた。

「お前たちを見ていただくのだ」

誰に。

「絶対権力を持ったお方にだ。そのお方は、ほんの一瞥でお前たちのすべてを見ぬき、判断なさる。心して、おめみえするがいい」

台車は、すでに日高の前にまで来ていた。

それに乗った二人は、どちらも鈍い銀色の甲冑で全身を被い、同じ色の頭部全体を包む仮面をつけている。丸く抜かれた二つの穴から、眼がぎらりと光って彼を見つめた。俺の番だ――

「ということで、その説明をお願いいたしましょう」

司会者の声とともに日高は我に返り、眼の前のCカメを見た。赤ランプが灯いた。

絶対権力者、それはこのレンズのむこうにいる奴らのことか。それとも、そいつらを操る、どこかに必ずいるであろう誰かのことか。

思った一瞬、日高とCカメのカメラマンとの眼があった。その眼は言っていた。

「がんばれ！」

こいつか、辻の言っていた仲間とは。

わかった瞬間覚悟が決まり、彼は口をひらいた。ほんの眼の前一メートルほどのところにあるレンズ、そのむこうにひかえて日高の顔を見つめ声を待っているであろう何百万何千万人の相手にむかい、彼は喋り始めたのである。

「いま紹介されたことについて、弁明する気持はありません。あなた方がもし、核兵器が本当に悪だと思い、心の底からそれを恐れ憎んでいるのなら、いまも世界のあちこちで行なわれている実験の、そのすべてに対して抗議をしつづけてください。しつづけるよう政府に働きかけてください。しつづける政府であるよう、選挙で適任者を選んでください。もし、真実人類の破滅だと思うのなら当然そうすべきで、その他のこと一切を投げ出してでもできるはずでしょう」

　ライトが、彼の右半身だけを照らしだした。

　フリップ台を狙っていたBカメが首をふり、遠くから日高を捕えて赤ランプをつけた。日高がチラッとモニターテレビを見ると、それがしきりにズームのアップとアウトとをくり返している。そして、テクニカルディレクターの手を経た彼の顔は、片面が影になり、もう半分は土気色になっていた。

「僕にはそんなことはできない。その暇に飲みに行ったり映画を見たり妻を抱いたりしてしまう。だからひょっとして、自分は核兵器をそれほど悪だとは思っていないのではないかと考え、それを検討したくてあんなことを言ったのです」

米田が、〝二分と書いた紙を見せた。すでに一分を使ってしまったのだ。

「しかし、そんなことはどうでもいい。僕は別のことを言います。この番組は」

ガタッと大きな音が響いた。驚いて見ると、むこうのコーナーで、スタッフの一人がそばにあったパイプ椅子を蹴り倒したのだった。

「妨害されていますが、つづけます」

彼はCカメのレンズを睨みつけるようにした。

「この番組は、あなたが見ているから成り立っているのです。見るのをやめなさい。プッシュホンのボタンを押すのを拒否しなさい。あなたはいま、リンチの加害者となっているのですよ。無論おわかりでしょうが」

ザーッというノイズが入った。

「大衆社会、これは嘘です。いまのあなた方は、あなたは、本当の大衆なんかじゃない。大衆と思いこまされ、実は愚民に仕立てあげられている者の集団です。そして、そうなった責任は、あなた方一人ひとりにもある」

長髪のアシスタントディレクターが、何気ない顔で、レンズと日高との間を横切った。

「よく考えてください。あなたは、たとえば会社の同僚が何か難しそうなことを言ったり議論したりすれば、それだけで、その人を生意気だとか、知識をひけらかしているとか言ったりしませんか」

モニターテレビには、いっぱいのズームアップで、日高の睨みつけている両眼だけが映っている。残り時間一分。米田が、これだけは律儀に合図を出した。

「しかし、それがそもそもの間違いであり、大衆という概念を自ら低いものにしている原因なのです。言葉遣いがどうとか行儀がどうとかについてもこれは言える。なぜ、大衆も言葉遣いやエチケットに気を配ろうとしないのですか。あるいは、そうしたらお高くとまってるのだの上品ぶってるなどと言われなければならないのですか。それも、同じ仲間から。なぜ大衆である僕やあなたが、いろんな知識を得て、さまざまな問題をじっくりと考え、ひとつひとつ判断していこうとしないのですか。そうしてはいけない理由はどこにもない」

番組のテーマソングがスタジオいっぱいに流れ、すぐ止んだ。

「口をひらけば権力者やエリートに反感を示すあなたが、なぜその彼らを、彼らと同等のレベルに立って批判しようとはしないのですか。我われ全員が、彼らと同じ知的レベルを持ち、その判断力で彼らの言動をチェックしていけば、次から次へと知らされる腹立たしい独断や人を馬鹿にした行為にストップをかけることができるのです。また、彼らをコントロールすることさえ簡単なのです。なぜならば」

日高は大きく息を吸い、そして言った。

「彼らは、そう思われているほど知的でもなく上品でもなく、大衆はそれ以上にそうではないだろうと思うその安心感の上に立って、我われを操っているだけだからです。だから、彼ら自身が不安を感じ、劣等感を覚えるほどのレベルに我われが昇れば、この国は本当の意味で我われのものになるのです。知的大衆、これこそ、反権力反エリートを口にする者のめざすべき姿です。そしてその第一歩は、即刻この番組を見るのを止めることです」

思い出して、彼はつけくわえた。

「終戦直後、マッカーサーに、こんな手紙を送った日本人がいたそうです。『ああ、日本の政治家は不忠者、軍部指揮官不忠の臣、大東亜戦争の責任者、我らは民主で罪はない』

今度もし何かあったとき、我われはもうこうは言えないのですよ。こう言って頬かむりは、できないはずなのですよ。だからこそ」

気がつくと、すでに赤ランプは司会者を狙うAカメに灯いていた。

喋っていたどのあたりで時間がきてしまったのかはわからないが、言うべきことを言ったという満足感で、日高はほっと息をつき、肩の力をぬいてつぶやいた。

「辻、見ていてくれただろうな」

司会者がおわびを言っている。

「ただいまの放送中、お見苦しいところ、及び音声が二度にわたって中断いたしましたことを深くおわびいたします。さて、ところで、ただいまの御意見に対しまして……」

副調整室で、音声まで切られていたのだった。結果は見なくてもわかっている。

「あんた、馬鹿だな」

日高のそばに、提灯持ちの一人、でっぷりと太った男がやってきて、ニタニタと笑った。

「知的なんて言葉を遣う奴があるか。あれは、大衆が最も生理的に反感を示す言葉なんだぞ」

睨みつける日高に、彼はへっへっと笑ってささやいた。

「学者様が言うなら憧れもするだろうが、あんたに言われたんじゃ立場がないものな」

反論する気にもなれず、日高は黙ってステージ台を降り、そのままスタジオを横切った。

そして、重いドアを身体で押して外に出た。

出る瞬間、司会者の大袈裟（おおげさ）な声が耳に入ってきた。

「これはこれは、大変な反対票ですね」

ふりむくと、Bカメがまた赤ランプをつけ、しつこく彼の姿を追っていた。その背中に、得票数をダブらせているのだろう。

胸を張って、日高はドアを閉めた。

「これはまだ始まりだ」

長い長い戦いがこれから始まるのだ。敵の正体を見きわめ、その狙いを叩きつぶすまでの――

そう思って日高は頭をあげ、人気(ひとけ)のない廊下を、しっかりとした足取りで歩き始めた。

3

「……そういうことだったんですか」

永田町にあるホテルの最上階近く、例の事務所で野崎がつぶやき、明らかに衝撃を受けた様子で、ふうっと大きくため息をついた。

「それでは、いままでのはほんのとっかかりで……」

「そうだ、だから」

低いテーブルをはさんで坐っていた大友が、天井をむいてしばらく黙り、視線を泳がせた。そしてぎらりと眼を光らせて相手を見る。

「あと半年ほどいまの調子でつづけて、それから少しずつ、じわじわとキャンペーンに変えていくということだ。無論、最終目標は絶対の極秘でな」

「はあ」

野崎はうなずき、首をかしげてテーブルの一点を見つめ、課せられた責任の重さに耐えようとするごとく、額に皺をよせた。

日高がちょうど放送センターの表に立った頃、彼は呼び出しを受けてこの事務所に大友をたずね、番組の最終目的を初めて告げられていたのだった。そして、それにむけて、そろそろ第二段階の活動に入るようにという指示もである。

女性秘書はおらず、だからテーブルの上には、ティールームから運ばせた紅茶ポットとカップが並んでいる。

「ところで、いままでのところでは」

やがて気をとりなおして野崎が顔をあげ、ポットを取って相手のカップに紅茶をそそぎながら聞いた。

「特に気になることもなさそうですが、いかがですか」

「ふむ」

大友は鼻を鳴らし、カップには手をのばさずに腕を組んだ。

「番組自体はな。まずまず、思惑通りに進んでいると言えるだろうな」

「現場の者たちがよく動いておりますから」

野崎は言い、暖房が効きすぎてムッとしているのが気になるらしく、喉もとに指を入れてネクタイをぐいとゆるめた。

「まあ、順調とみていいと思いますよ」

「番組自体はな」

大友は同じことを再度つぶやいた。

「…………」

野崎がカップにのばしかけた手をとめ、不安気な表情になる。

「とおっしゃいますと、何かそれ以外で」

「知らんのか、君は」

相手は無表情にこたえ、首をぐるりとまわしながら言った。

「反番組組織のこととか、抜け道ができていることとか、問題はいろいろあるだろうが」

「ああ、そのことですか」

ほっと肩の力をぬき、彼は言った。

「それはよく存じておりますが、しかし、そう気になさるほどのことでも」

「もちろん、気にはしていない」

大友はつぶやき、紅茶をひとくち飲んだ。

「気にはしていないが」

カップを置いて眼を鋭くした。

「この先のことを思えば、手は打っておくべきだろうな」

「はあ」

「いいかね」

彼は口調をあらため、まともに野崎を見て喋りだした。

「さっき言ったように、番組はB計画を成功させるためのひとつの手段、地均しをするためのローラーだ。そして一年間、石ころや雑草を押し固めて進んできた。ここまではいい。非常に結構だ。しかし来年後半くらいからは、押し固めではなく、引っぱり出しをしなければならない。国民の過半数が賛成に転じるまで、考えられる限りのタネをまき、水をやり、少しずつにしろ芽を出させなければならないのだ」

煙草を出し、野崎に火をつけさせて、彼は話をつづけた。

「となると、それだけはどうあっても反対だと言うであろう人間から、いかなる反撃をも受けないために、危い部分はすべて除いておかなければならないということになる」

「………」

「たとえば反番組組織だ。組織の存在自体は別に眼障りだというほどのものでもない。たかが数十人の集まりだろうからな。しかし、聞くところによると、番組の狙いは自衛隊の国防軍改編、防衛庁の国防省昇格への布石だろうと言っている人間もいるらしい」

「そんなことを」

息を呑む野崎に、大友はニヤリと笑った。

「君はそこまでは知らんだろうが、藤村が部下を使って調べさせたところ、そう推理している男もいるらしいと言うのだ」

彼はつぶやいた。

「危いところだ、すれすれじゃないか」

「………」

「その説をもしもひろめられてみろ、こちらの狙いがそうではないのに、そうである如く国民に思われ、キャンペーンが張りにくくなってしまう」

「では、その組織をつぶせと」

「いや」

大友はゆっくりと首をふった。

「それは得策ではない。つぶそうとすれば、なおのこと反発が強くなってしまうだろうからな。だからたとえば、来年の前半では、番組で先手を打って、そういう改編だの昇格だのがあるのかないのか、やるべきなのかやらざるべきなのか、好きなように議論させればいい。

その裁定がどっちに出ようと、こちらは別に困ることもない。やるべきだと出れば儲けものだしな」

彼は煙草を吸い、ゆっくりと煙を吐きだした。そしてポツリと言った。

「混乱させるわけだ、組織の奴らをな」

「で、一方ではキャペーンの下準備にかかり、来年後半から少しずつ出し始めると」

「そういうことだな」

大友はうなずき、首をちょっとかしげて黙ってから、指を三本立てた。

「できるだけ、いや、というより必ず、これだけの期間内に結着をつけたいな」

「むこう三年以内ですか」

「そうだ」

野崎が下唇を噛(か)んで首をかしげ、そして聞いた。

「多分大丈夫でしょうが、しかしなぜ三年なんです。最初の計画ではたとえ五年かかろうともという」

「情勢が変ってな、党内の」

彼はニヤリと笑った。

「三年先、もしも総選挙があれば、首班指名がこっちにくる。これはほぼ確定だ」

「…………」

すべてを了解してうなずいた野崎に、もう一度ニヤリと笑ってささやいた。

「そのとき、万が一にでも非難の矢面に立ちたくはないからな」

彼は煙草を灰皿に押しつけて消し、カップを取って紅茶を飲みほした。

「憲法をいじらずして核武装する、自衛隊防衛庁のままで攻撃型原潜を保有する。いくら番組で国民の合意をつくりあげたにしても、ひょっとして大波乱が起きるかもしれん。そのとき、ナンバー1(ワン)でいるのと2(ツー)でいるのとでは、風のあたり方が違うからな」

「わかりました」

こたえた野崎に、大友は言った。

「もちろん、むこう三年間、君がいまの位置にいつづけられるよう手は打つからな。何とか、ひとつ、頼む」

彼はじっと相手を見つめ、それからふっと眼をそらして話題を転じた。

「で、さっきの話に戻るが、組織は混乱させたり何だりで無力化させるとして、もうひとつの問題は、抜け道ができているということだ。これも攻撃のタネにされやすい」

「はあ」

「どこかのチンピラ総会屋が、金を取って抜け穴をくぐらせているらしいのだがな」

「噂は聞いたことがありますが」

「噂だと」

彼は声を少し不機嫌なものにした。

「君のところの現場も、その仲間になっているんだぞ」

「まさか」

「いや、本当だ。プロデューサー以下ほとんどの者がそのチンピラに丸めこまれているらしい。藤村がそう言っていた」

ふんと鼻を鳴らして、彼は言った。

「そう言った藤村自身も、上りをかすめているとわしは睨んでいるがな」

「で、それはどういう処置を」

「いや」

大友は軽くこたえた。

「特に君のところの人間には、どうしろとは言わない。ただ、わしの方では」

彼は天井をむいて、ひとりごとのようにつぶやいた。

「そろそろ藤村は、妻君と一緒に調査事務所でも開かせてやろうと思っている」

「………」

「さっきの組織が、やつの前歴を探り出しでもしたらややこしくなるからな。第一段階は何とか終りそうだし、彼にも礼をしてやらなければ気の毒だ」

「キャンペーンが始まる頃からは」

野崎が聞いた。

「別の人間をお使いになると？」

「そう。一人の人間が全体を知るのは良くないことだからな。また、宣伝中隊から誰か抽出させることになるだろう」

「わかりました」

野崎はうなずき、自分の守備範囲内のことを考えて、すぐに決断を下した。

「それと同じ頃に、スタッフの総入れ替えをやらせましょう。統轄局長に指示しておきます。暇なセクションにまわすか、ローカルへ行かせるかをね」

「その統轄局長は」

大友がふと眉をひそめて聞いた。

「番組の本当の狙いに気づいていそうか」

「いえ、大丈夫です」

野崎はこたえた。

「Bという略号は知っていますが、それが何であるのかは見当もついていないはずです。Bは爆弾(ボム)の頭文字だとはね」

言ってから、一瞬顔をこわばらせて声を落とした。

「あの、私はさっきうかがって知っておりますが」

「心配するな」

相手はニヤッと笑って言い、肩をとんとんと叩いてつけくわえた。

「産業界や政界や官僚や、知っているトップは何人かいる。ただ知らん顔をしているだけだ。君もそうしていればいい」

「金を取っているという件ですが」

安心したらしく、野崎は話を戻した。

「それを反番組組織の連中に探られたらどう対処しましょうか」

「ふん」

大友は事もなげに言った。

「そのチンピラ総会屋を番組にひきずり出せばいいだろう。そいつが悪者だ」

ぱんと両膝を叩き、彼は立ちあがった。

「まあ、先は長いんだ。じっくりとやろう」

窓際へ行き、そろそろ暮れかけた空を見、視線を議事堂の中央尖塔に移した。

「ポルノもあきられているそうだな」

そのままの姿勢で聞き、議事堂を見ながらつぶやいた。

「クスリの解禁かな、来年の終り頃には」

「今夜、もうすぐ出演する者のなかに」

野崎が立ってきてその横に立ち、同じく議事堂の方角に眼をやって言った。

「核がなぜ悪いと言って、ひっかかった男がいるそうですよ」

「ほう」

大友は声をあげた。

「で、その男は袋叩きにあうわけか」

「さて、昨日の告知記事は見ませんでしたから」

野崎は頼りないこたえを返した。

「どうなるのかわかりません。そういう男が今夜出ると、先週聞いただけですから」

「そういう奴こそ、例のチンピラ総会屋とコンタクトでもしていればいいのだがな」

「なぜです」

「なぜって、惜しいじゃないか」

大友はチラッと野崎を見て言った。

「いま助かっておれば、先でそいつを使うことができるかもしれん。いいことを言ってくれているのに、それがいまだから袋叩きにあうのを黙って見ていなければならない。まったく惜しい駒じゃないか」

「言うのが一年ほど早過ぎたわけですね、その男」

「そうだな」

うなずいて、顎で議事堂を示した。

「あそこも、来年あたりからややこしくなるだろうな」

「…………」

「野党さんに根まわしを始めなければならない。まあ、最後まで反対しつづける党は、ひとつかふたつだろうがな」

「スペシャルだの何だので」

野崎が言った。

「世界の中の日本、その立場だの苦境に立たされつつある状況だのを流しつづけているのですがね。視聴者の意識は変っても、そういう人たちの意識は変らないわけで」

「やつら、頭が堅いからな」

大友はこたえ、首をふった。

「それにしても、さっきの男、惜しいな。何とか逃げておいてくれればいいが」

野崎は腕時計を見て、つぶやいた。

「もう、そろそろリハーサルでしょう」

1＝b

十二月第二週土曜日の夕方。

日高はコートの襟を立て、ポケットに両手を入れて放送センターの表に立っていた。

はやくも陽が落ちかけて、ビルの影を長く長くのばしている。

「俺の影がくっきりと映らないだけ、まだましだ」

もしビルの影が無く彼のそれだけがコンクリートの上にのびていたとしたら、日高はそれを正視できずに眼をつぶるか、あるいは叫び声をあげて駆け出しているだろうと思った。

うなだれている自分、その姿を確認させられるのはもう沢山なのだ。

「すべてが終ってしまった」

彼は立ちつくしたままつぶやいた。

残っているのは、俺が喋ることだけだ。そしてそれには何の意味もないのだ。結果はわかりきっているのだからな——

中林からの各方面に対する連絡と手配はすでに完了している。その事実を日高は、昨日、つまり金曜日の朝刊に掲載された「ユニークな」意見で知らされている。

それをこれから三分間でどう説明するか、その案を練る気さえ起きてはこない。そんなことはもう、どうでもいいことなのだ。

「辻、おまえは立派だった」

日高はつぶやき、先週の土曜日、パーキングサービス会社従業員としてカメラにむかった彼の顔を思い出した。

その顔は初めから終りまでテレビ画面を通して日高を見据え、画面下三分の一に予想通りの数字が並び始めたときには、ニタリと笑いかけさえもした。

「おまえもがんばれよ」

日高にはそう受けとめられる笑いであり、他のモニターたちには、ふん、こんなことで俺が黙ると思うかという、不敵な挑戦に見えるであろうそれだったのである。

「がんばってくれ……」

別の声が頭のなかに聞こえ、下野の顔がうかんできた。先日、年末のボーナスが支給されたとき、その銀行振込証を渡しながら、彼はそれだけを日高に言ったのだ。

「がんばってくれよ、な」

そのときまだ態度を決めていなかった彼にとって、それはどうにでも取れる言葉だった。

「ひょっとして、これが僕が直接君に手渡せる最後のボーナスかもしれん。力になれなくてすまん。許してくれ。そして、がんばってくれ……」

「君がうまく立ちまわったからといって、ほっとする者こそいても、悪しざまに言う奴は誰もいないんだからな。気にせずに、また仕事に精力をつぎ込んでくれればいいんだ。がんばってくれよ、な」

下野がそのどちらの意味をこめて言ったのか、それは日高が自由に解釈していいことなのだった。すなわち、彼が態度を決めることによって、謝罪とも元気づけともなる言葉を、下野は言ったのである。

そして彼は態度を決め、いまここに立っている。

「がんばってくれ、か」

日高はつぶやき、玄関を入って受付カウンターへと進んだ。速達親展で送られてきた通知書を示し、ごま塩頭の守衛に聞いた。

「このスタジオはどこですか」

彼は日高を見つめ、しばらく考える眼をしてから問い返した。

「ええっと、あの、どういう御用件で」

「出演するんです。今夜八時から」

しかし彼は、日高の抑揚のない言い方には反応を示さず、言葉に対してだけうなずいて挨拶を返してきた。

「それはどうも、御苦労様です」

意識してそういう態度をとっているのではなく、どうやら何も知らない老人らしかった。

彼は日高の差し出した通知書を見、カウンターの館内電話に手をのばした。

「米田さんね」

つぶやいてボタンを押し、日高に言った。

「いま呼びますから、少しお待ちになってください」

「わかりました」

彼はカウンターを離れ、何を考えるでもなく表を眺めていた。

がんばってくれ……大丈夫大丈夫……そうかそう決めたか……。ここしばらくでいろんな相手から言われたいろんな言葉、それだけが頭の中に浮かんでは消え浮かんでは消えしていた。

「日高さんですね」

そして声をかけられてふりむくと、そこに小柄な男が立っていた。紺のスーツの上から茶色のジャンパーをはおり、手には黄色い表紙の部厚い台本を丸めて持っている。

「私、担当の米田といいます」

「そうですか」

日高がこたえると、彼はニッと笑ってささやいた。

「お話はうかがってますよ」

「………」

どうこたえていいのか言葉がうかばず、日高は黙って相手の顔を見つめていた。

「いや、どうも」

米田は眼をそらし、そして事務的に言った。

「控室に御案内します」

そのまま先に立って歩きだした。日高も無言で後につづく。

廊下を進んで右に折れ、エレベーターで何階分か降りて、また進んだ。

通路が一直線に長くつづいており、両側にドアがポツンポツンとある区画だった。コンクリートの壁と天井と床。蛍光灯が等間隔でにぶく光って、人影のないそのあたりを、いっそう殺風景な重苦しい雰囲気にしている。

「こちらです」

米田が足を止め、左側のノブをまわして言った。

「しばらくここでお待ちください。後でまた来ますから」

「………」

米田はドアを僅(わず)かにあけておいてそのままいま来た通路を戻り、日高はゆっくりとそれを押してなかに入った。

狭い部屋で、長机がひとつあり、パイプ椅子に先着者二人が坐っていた。

「あの男」

日高は、明らかにその二人の持つ雰囲気が「被害者」のそれではないと感じ、中林の顔を思いうかべた。

「悪どいやつだが、詐欺だけはしなかったな」

彼はしかし、そこでほっと安心した自分に気づいて、ぐっと奥歯を嚙みしめた。

喜ぶな。むしろ恥じいるべきなのだぞ。おまえは二百万円で身の安全を買い友人の期待を裏切り、自らをこの二人の仲間に貶(おとし)めてしまった男なのだからな。

「ふん」

だが、考えたそばから鼻を鳴らし、日高は自分自身を冷ややかに見つめ始めていた。いまさら何を硬骨漢ぶる必要がある。また、その資格がある。所詮(しょせん)おまえだって、自分の利益のためには生き方も何もふり捨てる。それだけの男だったんじゃないか。しかも、捨てる前にちょっぴり悩んでみせて自分に言訳の余地を残そうとする、むしろその分だけいやらしい人間だったんじゃないか。へっ、本性はもう見えてしまったんだぜ――

自分で自分を嘲笑しながら、日高はパイプ椅子のひとつに腰をおろし、机の上の灰皿をひきよせた。

「あなたが」

そんな彼に、先着者の一人、禿頭で眼の異様に鋭い爺さんが声をかけてきた。

「プロデューサーのお友達というお方かな」

「え？」

どうこたえていいのかわからず、日高は相手の顔を見つめた。無論、プロデューサーには一面識もないのだが、中林の手腕によって、友人であることになっているのかもしれないからである。

「いや、ほら、核兵器に関して一家言持っておられるという」

「ああ」

了解して、彼はうなずいた。

「ええ、まあ、ちょっとした知り合いでして」

くそっ、俺は何という科白を言わされているのだ。いや、言わされる状況を自分でつくりあげてしまったのだ。

日高はカッと顔の火照るのを感じ、吸いかけた煙草を、乱暴に灰皿に押しつけて消した。

「いや、わしは日本精神復興を説いてまわっておる者じゃが」

日高の内心を知らぬ爺さんは、椅子を動かして彼の方に身体をむけ、語りかけてきた。

「そもそもが、いまの若い者は誤った自由主義に毒されてしまっておる。これはつまり」

誰彼なしに自説を披露し、現代の世相を嘆く男らしかった。そのくせ、その自説の根拠、論の出発点を疑ってみることはしないのだろう。思い違いの上に立った加害者的正義漢、最も利用されやすい大馬鹿野郎。

そう思い、いつもの日高ならば正面からつっかかっていくのだが、いまはそれをやればやるだけ自分の心をすさませると気づき、彼は無表情に相槌をうちつづけた。

「はあ、なるほど、おっしゃる通りです」

これからはと、彼は考えた。世論や常識に対しても、俺はこうやってこたえつづけることになるのだな。内心と言葉とがどんどんと離れていき、そしていつのまにかそれを何とも思わなくなって、そのとき心は干からびてしまっているのだろう。

日高は、はやくも自分の顔が精彩のない作り物のマスクになりつつあるのを感じていた。

はい、そうです。私もそう思います――

「君は、ひょっとしてあれじゃないのか」

爺さんの言葉が途切れるのを待ち、机をへだてたむかい側から、でっぷりと太ったこすっからそうな男が声をかけてきた。

「例のコンサルタントに話をつけてもらって来てるんじゃないのか」

ぎくりとして日高は爺さんの耳を気にしたのだが、どうやら彼はそのシステムの存在を知らないらしく、壁にはめ込まれた姿見の方をむいてじっとしていた。

「ふん、やはりそうらしいな」

男はじろじろと日高を見てうなずき、しかし好意的とも思える笑いをうかべて言った。

「なに、気にすることはない。それが正解なんだ。世の中、表があれば裏もある。安全は金で買うことができるんだ。それを利用しない手はないからな」

どういう種類の男かと思い、日高はその脂ぎった顔を見つめていた。

「いや、実をいえば俺もあの男に手を貸してもらってな。といっても、あんたのようなケースではなく、出演させてもらうための工作なんだが」

「わざわざ、こちらから出演工作を」

「そうさ」

彼はこともなげに言った。

「ある企業が、名前を出せば誰でも知ってる有名食品会社なんだが、そこがいまだに禁止されてるはずの人工色素の甘味料を使ってるというんだ。それを告発してやろうと思ってな。しかし直接申込んだり、むこうから依頼に来てくれるのを待ってたんじゃどうにもならんから、今晩必ず出られるように手を打ってもらったというわけさ」

「どうして今晩でないといけないんです」

「なに」

男はニタニタと笑い、声をひそめた。今度は彼が爺さんの耳を気にしているらしい。

「明日からその会社が、全国の主要デパートやスーパーで食品フェアをやるんでね」

上着の襟に手をそえ、チラッと裏むけてみせた。そこに日高が認めたのは、多分対抗食品会社の商品を扱っているのであろう、ある商社のバッジだった。

「なんということを」

見つめる日高に、彼は自分の頭を指先でつついてみせた。

「ここも使いようさ」

「しかし、人工色素の件は本当なのか」

「さあてなあ」

ふてぶてしく上体をそらし、お上を商売に利用しようとするしたたか者はこたえた。

「噂だけど、用心するに越したことはないからな。人助けだよ。え、そうだろう」

「…………」

爺さんからもこの太っちょからも、すでに俺は仲間とみなされている。日高は感じ、情けなくて涙が出そうになった。辻、やはり俺はおまえと一緒に……

「どうも、御苦労さまです」

そのときドアが大きくひらき、米田がふたたび姿を見せた。

「もうすぐ夕食を運ばせますから、それを召しあがってお待ちください。ランスルーは六時開始の予定です」

彼は言い、もったいぶって追加した。

「大切なゲストの皆さんですから、鰻を手配しておきました」

爺さんはほうっと声をあげ、太っちょは「や、どうも」と儀礼的にこたえている。

「まあ、リラックスしてやってください。三分間なんてあっという間ですし、皆さんの御説には賛成票が集中するだろうことも見当がついていますからね」

そして日高を見て、眼で合図をした。

「ちょっと」

日高は立ちあがって彼の後につき、ドアの外に出た。

「何でしょう」

「いや、ちょっと気になるのですがね」

米田はさり気なく言ってニッと笑い、ついでスッとその表情を酷薄なものにして聞いた。

「あなた、本番になって我に返ったりはせんでしょうな。それをやられると、司会者の紹介も何もかもが茶番になってしまう。私やプロデューサーの責任問題になりますからな」

日高はじっと彼を見つめ、その視線を廊下に落としてこたえた。

「もう、その元気もありませんよ」

「それは結構」

米田は丸めた台本でぽんと日高の肩を叩き、満足気にうなずいた。

「お互いに危ない橋を渡ってるんだからね」

2＝b

「いまから俺は、恥をさらすのだ……」

日高は思い、仲間の二人とは離れて、だだっ広いスタジオの隅に一人でじっと立っていた。

「辻は何と思うだろう……」

そうしているうちに、彼らを案内してからまた出ていった米田が、別の控室にいたらしい他の出演者三人を連れて入ってきた。

そのうちの一人、日高と同じくらいの年恰好をした男が、彼のそばを通り過ぎるとき、じろりと睨みつけるような眼をした。敵意と反感と侮蔑と、その他考えられる限りの憎悪をこめた、日高の心を刺し貫くような視線だった。

「知るもんか」

彼は思わず眼をそらせて思った。

俺だって、何も感じずにこちらのグループに入っているわけではないのだ。できればそちらに入って、殴られ蹴られながらにせよ、何かを言いたかったのだ。しかし、それをやると、仕事も収入も家庭も、何もかもが俺の眼の前から消えうせてしまう。それがどうしてもあきらめきれず、決断できず、恐くて……そうとも、恐かったんだ。恐くて恐くて仕方がなかったんだよ、俺は。弱虫、日和見（ひよりみ）、腰抜、エゴイスト。何とでも言ってくれ。

そうだよ、俺はそんな男だったんだよ。それは自分でわかってるんだ。わかって、ギャーッと叫びたいほど恥じいっているんだ、だから、そんな岡っ引きを見るような眼で俺を見ないでくれ。たまたま、俺の前に命綱が降りてきた。だから、それをつかんだ、それだけのことじゃないか。あんただって、もし綱があったらつかんでいただろうが。

運なんだよ。結局、俺達は運不運で別れるしかないんだよ。そして俺は、それに身をまかせ、流されてしまったんだよ――

迷いに迷った末、どうにも勇気が出せなくて、日高は遂に金を払ってしまった。

すると翌日さっそく会議室に呼ばれ、部長や常務から、上機嫌の言葉をかけられた。

それでいいんだよ、君。少しは大人になったようだな。ま、いい勉強になっただろう。

いや、これからもその要領でひとつ、な。

そしてその夜家に帰れば、加代子は大きく息をついて言ったのだ。

「忘れましょうよ。こんなことがあったなんて、二人で一緒に忘れてしまいましょうよ。

お父さんたちだって、これでいいって言ってくれると思うわ」

　そのすべてに対して、彼はただ黙ってうつむいていたのである。

「辻、俺の演説なんか聞かないでくれ」

　それだけを頭のなかでくり返しながら、じっと下をむいていたのである。

「それでは、ランスルー始めまあす」

　米田の声に日高がハッと我に返って眼をあげると、現場スタッフたちがぞろぞろと入ってきて、それぞれの持場につくところだった。

　ため息をつき、日高は指示を待った。


　カメラマンは台本の指定のままにそれぞれのカメラを操作し、幾分白髪まじりの頭をオールバックにした司会役のアナウンサーは、すでに決められている科白の、発音と口調とだけに神経を使って喋っている。

　そして米田は、出演者達の前には姿さえ見せない副調整室のプロデューサーの指示を、ヘッドホンで受けてそのまま彼らに伝えている。

「あ、もうちょっとリラックスしてやってください」

「ええっと、あなたの場合はこっちのBカメが狙いますからね。こいつが前に来て、この赤ランプがついたら映ってるわけですから、それから喋り始めてください。ま、私もハンドキューを出しますけどね」

彼らは、型通りのランスルーを、みごとに事務的に片づけているのだった。

「おい、終ったら飲みにいこうか」

「駄目だよ。俺、ここんとこずっとだからな。今晩くらいまともに帰らなきゃ」

カメラマンが二人、キューを待ちながら無駄話をしている。

「こいつらにしてみれば」

指示された台の上に立ち、その姿を見おろして日高は思った。

「こんな番組くらい、お茶の子でやっつけられるのだろう」

照明係も司会者も、あるいは副調に入っているテクニカルディレクターもオーディオディレクターも、内容には無関心に、形を整えることだけを考えて仕事を進めているのだろうからな。そうとも、そうに決まっている。あの米田でさえも、いまこの現場ではごく普通のスタジオ番組を進行させる気持で指示を受け、アドバイスをし、駄目を出しているのだ。

奴らにとって、俺たちがどんな人間で、この番組に出ることによってどんな未来を与えられる者であるかということなど、関心を持つ必要さえないことなのだ。

しかし、それにしてもと、彼は考えた。

辻はここのカメラマンのなかにもシンパがいると言っていたのだが、それは誰なのだろう。この三人のなかにいるのか、それとも今夜は当番ではない別のチームがあって、そのなかに入っているのだろうか。

「あなた、もう少し胸を張って。自信を持って喋っていただいていいんですよ」

米田が、日高の左手、ひとつおいて隣りの台に立っている日本精神の爺さんに声をかけている。

「立派な意見を発表なさるんだから、そうそう、そんな具合に、はい、カメラ、ちょっとバストで狙ってみて」

指示に従い、さっきの二人とは別のカメラマン、Ｃカメを受持っているジーンズにセーター姿の若い男が、無言でカメラを爺さんにむけ、無表情にズーミングハンドルを引いている。

「あいつだろうか」

日高は思った。

「あいつが、辻の言うシンパなのだろうか」

だが、それをここで確かめるわけにはいかず、また日高にそれをする資格はないのだった。

「はい、この方が終ったとします。そのとき、Aカメはフリップ台を狙っている。Bカメは次のこの方、そしてCは次のこの方を狙えるように移動ね」

米田の声に、彼はあいかわらず沈黙を守ったまま、ドリーを押してBカメの背後をまわり、日高の前にきた。

一瞬、二人の眼が合った。

「………」

あんた、辻を知っているか——とは聞けなかった。日高は視線をフロアに落とし、米田の声を聞いていた。

「で、この方が核兵器反対を訴えると……」

眼をあげると、カメラマンはじっと日高を見つめているのだった。冷たい、侮蔑の念にみちた眼で。

「あの、すみません」

意味のないこととはわかっていながらも、日高は彼に、自分が少なくとも自ら喜んでその論を述べる者ではないことをわかってほしくて、米田に言った。

「私、うまく言えるかどうか。できたら、あの、メモか何かを作ってもらえませんか」

「………」

米田は不思議そうに彼を見つめ、そして眉をかすかにひそめて言った。

「考えておきましょう」

だが、カメラマンは、まったくその表情を変えてはくれないのだった。

日高は肩を落として思った。

「仕方がないな。もう、戻れないところに来てしまってるんだものな。やつらの言いなりになっているんだものな」

彼は小さくつぶやいた。

「俺は、人間の屑だな」

「――というわけで、身近な問題から政治経済社会に至ることがらまで、皆様と御一緒に考えていくこの番組『あなたの意見わたしの意見』。さ、それではさっそく、今夜第一番目の方からお願いいたしましょう。え、初めのお方は……」

いつのまにか本番が始まっており、むこうのコーナーでホリゾントパネルを背に、司会者がにこやかに喋っている。

その周囲にだけ頭上のライトが光を集中し、うす暗いスタジオの中に彼の姿を浮きあがらせている。

Aカメがそれを撮り、日高のいる位置からも見えるように置かれたモニターテレビに、その胸から上を映し出している。

日高はいま、コの字型に並べられた六つのステージ台の、カメラがむけられる順序でいえば五番目の台に立っているのだった。

前には小型の演説卓があり、そこに、米田が休憩時間中書いたメモが置かれている。

「そんなに自信がないのなら、これを読めばよろしい。ときどき悲憤慷慨の表情をする――それだけで充分ですから」

耳もとでささやいて、手渡してくれたのだ。

その白い紙と黒い文字、そして途中何カ所か『カメラを見る』と記入された赤文字だけが、くっきりと彼の眼に入ってくる。

他の出演者も司会者も自分とは無関係の人形に思えてきて、日高は息をつめたまま眼をつむった。

出演者第一号が喋っている。声の調子がひきつっている。多分、何か弁明しているのだろう。しかし耳はその言葉をとらえず、高低の変化が極端な音のつながりとしてのみ聞いている。

怒っているな、叫んでいるな。あ、泣いているのだな――

日高は卓に両手をつっぱり、崩れ落ちそうになる身体をささえた。

「俺みたいな普通の人間にはついていけないからな」

小山の声が聞こえてきた。そうだ、結局あいつの言ったことの方が正しかったのだ。普通の人間、健全な市民。それはつまり、危うきに近寄らぬ者のことなのだ。近づいて何になる。はむかっていって、どうなるというのだ。気にいらぬ風もあろうに柳かな。これで毎日を送っていって、さて、陰では好きなことを言う。それが、賢い生き方、大人のやり方というものなのだ。

ふん、俺はそれを思いしらされるのに、わざわざ二百万円の授業料を払ったというわけか。こんなことなら、その金で酒を飲みポルノを買い漁り麻雀を打ちつづけておけばよかった。そうしておけばやつらも、俺を健全な、安全な一市民として見逃してくれていただろうに。何だと、これを自虐的な言葉をふりまいての、自己弁解だというのか。ふん、そうとも、そうなんだとも。どうせ俺は――

長いことじっとしていて、ふと気づいて眼をあけると、すでにCカメが日高の前に来ているのだった。米田が眼で合図を送ってくる。

赤ランプがつき、ハンドキューが出る。

仕方なく、本当に仕方がなく、彼はメモを見ながら口をひらいた。

「皆さん、核兵器は悪魔の武器です。私たち日本人が忘れようとして忘れられない、いまわしいあの記憶。世界最初の、そして唯一の本格的な被爆民族として、私達はあの悲劇をいっときも忘れてはなりません」

指定に従って顔をあげ、レンズを見つめた。

上からのライトが彼を直射し、モニターテレビの画面に映った日高は、人びとに熱っぽく語りかける熱情の男になっていた。顔が、その心を示すように紅潮しているのである。

「しかし皆さん、私たちはともすれば、核兵器に反対していくという、その崇高な義務を忘れがちなのではないでしょうか。いま、世界のあちこちで、一週間に一回ほどの割合で核実験が行なわれています。それに対して、私たちは変らぬ怒りを持ちつづけていると言えるでしょうか」

レンズを見つめ、表情を厳しくした。そうしろと赤字で書いてあるからだ。

それでいい――という顔で、米田がうなずいている。日高は演説をつづけた。

「ともあれ、核の恐ろしさを再認識し、それが私たちの子孫や人類すべてに与える厄災の大であることを、世界の人たちにむけて訴えつづけていくこと。これこそが、私たち日本人に与えられた使命であり、また、あの悲しむべき体験がもたらした教訓だとも思うのです」

そのむこうで何千万人が見ていようと、この場においては単なる丸いガラスにすぎない相手にむかい、日高は顔をこわばらせて語りかけた。

「核兵器は悪です。無条件に、疑いもなく悪です。皆さん、その恐ろしさを、もう一度じっくりと考えてみようではありませんか」

そのままの姿勢で、彼は赤ランプがつきっぱなしになっているカメラを見つめつづけた。むこうで司会者が喋っている。いかにも感動したように、ランスルーで言ったとおりのことをくり返している。

やがて投票が始まり、モニターテレビにも数字がダブりだした。825：0、13479：0、28010：0……

赤ランプが消え、米田がOKのサインを出したので、日高はステージ台を降りた。本当に、すべてが終ったのだ。

「なかなかよかったですよ」

ささやきかける米田にはこたえず、日高はのろのろと歩き、スタジオを出ようとした。

「提灯持ちめ」

とうに出番を終えてドアのそばにいた犠牲者の一人が、彼をののしった。

「…………」

顔をあげて相手を見つめ、力なくうなずいて彼はこたえた。

「ああ、そうとも。そうなんだよ」

そのまま重いドアを身体で押しあけ、廊下に出た。

「辻はいま俺のことをどう思っているだろうか」

ふとそう思ったが、考えても仕方がないので、彼は頭をふって無人の廊下を歩きつづけた。しかし、こういうことだけは、チラリと思った。

「拒否していたらどうなっていただろうか。……それにしても、誰が、何のためにこんな番組を……」

解説――「生贄」はいつまで必要とされるのか

マライ・メントライン

本作『公共考査機構』は一九七九年発表の「古典」でありながら、メディアを触媒とした民意の暴走や世間に蔓延する度を越した「炎上」「吊し上げ」現象、そしてその背後に潜む権力的意思の描写などから、ネット時代の暗黒性を多角的に予見した傑作として、二十一世紀に入ってから古典ＳＦファン界隈でアツく再評価されていた作品だ。

しかし多くの傑作がそうであるように、単に「予見した」ことが素晴らしいのではない。外国人の視点から本作を読んで痛感するのは、中・近世の宗教裁判からスターリニズム、ナチズム、文化大革命に至る「異端審問システム」に関する作者の洞察の深さ・正確さと、その核心を物語的に再構築する手際の鮮やかさだ。そこに現出するのは「普遍」であり、だからこそガジェットやデバイスといった時代性に流されない強靭さを持つ。普遍ゆえに予見性は当然であり、言い換えれば今後、ポスト・ネット時代が到来しても……人類の精神性の底上げのようなものが成されない限り……そこに生じる何かを言い当て続けるのだろう。

ちなみに普遍というか不変というか、組織を構築する個々人は知性と深い問題意識を抱えていながら、スポンサーや権力筋からの圧力ゆえに組織としてのアウトプットが何故かアレなものになりがち、という大マスコミの内情についての描写は、私自身の体験と照らし合わせても強いリアリティを感じずにいられなかった。昔からそうだったのか……というより、力学的にみて確かに変わりようがないよな、という感じで。

本作の白眉のひとつは、異端の烙印を押されかかった主人公をめぐる「身辺の」心理ドラマ描写だ。妻やその両親や、職場の人々とのしんどいやりとり、というか駆け引きの数々。これは研究書やドキュメンタリーではなかなか視野に入ってこない部分だが、実際、歴史上の暗黒システムで抹殺の憂き目にあった人のほぼ全員がこれで苦しんだはず。現象の心理的考察を行う上でも重要なポイントだ。が、実体験者の多くがそのまま亡くなるか、あるいは体験がトラウマ化しているため表に出てきにくいのだ。その点に関する史的想像力の深みとリアリティによって、暗黒史の再構築としての創作的価値は大きく変わってくる。

作中で展開されるミニマム心理描写、何がしんどくて素晴らしいかといえば、たとえばそこに、単に偽善というだけで片付けられない「邪(よこしま)な善意のようなもの」が満ちている点だ。これは、ナチ映画の傑作の一つ『白バラの祈り・ゾフィー・ショル、最期の日々』(二〇〇五年)にて、正論を最後まで押し通すゾフィー・ショルの姿以上に、彼女を「ナチの論理内で」なんとか密(ひそ)かに助けようと苦心するゲシュタポ捜査官の心理描写が印象的だったのに似ている。

免罪符というものは、道徳の教科書で教えられるよりもはるかに拒絶しがたく、深くよくできたシロモノなのだ。単に権力的意思からの押し付けだけによって成立する「契約」ではないために。

『公共考査機構』の発表当時、世相的には左派の論陣が優位な地位を占めていた。本作もその文脈で、ひらたくいえば、保守政党のタカ派的な策略とその将来イメージに対する「危惧(きぐ)・告発」的な要素をメインに評価されたのではないかと推測できる。しかし、もともと本作の主人公には、

①自律的に思考し、正邪の判断を能動的に行う人物

②疑似インテリ性が妙に鼻につく人物

という二面的なキャラクター性が付与されており、これが本作のもう一つの白眉ポイントといえるだろう。

おそらく本作、発表当時はこの①の面がピックアップされ、反権力的なテーマ性とともに評価されたと思われる。その文脈に沿って読めば主人公の妻やその両親、勤め先の人々などは一律「権力に飼い慣らされた愚民」以外の何者でもないし、その傍らで②の要素を黙殺するのもまた容易だ。

しかし二〇二一年のいま読みなおすと、同じ文章なのに印象は大幅に変化する。左派リベラル言説が、というよりリベラル「業界」が一種の文化的な既得権集団として糾弾されがちな一方、あらゆる「悪目立ち」への忌避感が常識化しつつある状況下では、まさに②の要素が際立ってくる。主人公はある意味、リベラル言論人にありがちな何かの象徴的存在になるのだ。当然、彼の周辺のキャラクターたちの行動心理に関する評価も変わってくる。率直な話、一九七九年よりも二〇二一年の「彼ら」のほうが、存在的な重みもリアリティも格段に上なのだ。そして実際、このベクトルを踏まえた読みのほうが思考の深みが

増す気がする。生半可な正義や善性による安直な問題解決・突破の可能性が封じられるからだ。

さて一九七九年と二〇二一年の間にいかなる社会的変化があったか、といえばそれこそ議論百出だろうが、大枠として見逃せない点に、冷戦構造の終焉がある。

冷戦終結以来ゆっくりとしかし確実に、西も東も、国家には（ブロック体制を含めて）個々のサバイバル能力をえげつなく向上させる必要性が増しており、その中で次第に明確化してきた「不都合な真実」のひとつに、

小市民的かつ性善説的な社会倫理は、どう突き詰めても最終的に、国家運営のリアリティと整合しえない。

というものがある。善性の具現化ひとつにも、実のところ戦術戦略策略が必要だ。『公共考査機構』はこのあたりをしっかり描いている点が、並のディストピア小説と決定的に異なる。

この不整合は、国家にとっても言論人にとっても庶民にとってもひとしく都合の悪いものであるためか、重要問題の割にあまり表面化しない。というかさせない。そのように自

らをそして他人を安定的に偽りつづけさせるには、何が必要か？

もっとも効果的なのは生贄を捧げることだ。

それは物理的なものでも精神的なものでも構わない。先鋭化した宗教裁判もホロコーストも赤軍大粛清も文革も、ある意味この原理に沿った話なのだ。そして脱冷戦により「米国による庇護」が薄くなった日本においては、自前で生贄を調達して場を盛り上げる必要が以前よりも増大した、といえるだろう。

このような悪の構造性の避けがたさ、その直視。これこそ『公共考査機構』の真の醍醐味の一つであるように、私には思える。

また本作では、「社会管理に疲弊した」権力側の内情も浮き彫りになっている点がとても興味深い。結局のところ権力が行っているのは「理性的な社会管理ができるまでの時間稼ぎ」のようなものであり、その間じゅう、炉の火を絶やさないために定期的に生贄を投入するのだ。ちなみに時間稼ぎを言い換えれば「終わらぬ先送り」であり、ゴールに到達することはおそらくない。

なお、そのような状況で発生する個人の自己奴隷化のベクトルを開き直って是とし、システムとして洗練させ尽くした果てに何が現出するかを追求した作品として、深夜アニメ『PSYCHO-PASS サイコパス』（二〇一二年）が存在する。あの作品の中で、異常者と捜査官がともに「自己奴隷化を完成させた」世間的常識や理性から遊離しきった境地で死闘を繰り広げるありさまは、『公共考査機構』にて提示される問題を突き詰めた結果の一つを観ているようでもあり興味深い。

そのように考えると、今後の社会を生きる上で求められるのは**万人の万人に対する異端審問官化**なのかもしれない。それは一見、ルールに従う者どうしのバトルの常態化・高度化のように見えるかもしれないが、実際には、大なり小なりルールをでっちあげて相手に押し付ける力の強い者勝ちの世界である。悪夢世界で安眠するためには、誰かに悪夢を押し付けるテクニックこそ肝要だからだ。そしてその環境で安心感だけでなく幸福を感じるには、我々は人間であることを諦め、一種の昆虫のような知的形態に没入するべきなのかもしれない……

う、ううむ、困った。

そもそもは『公共考査機構』における悪の本質描写の解析を通じ、「ならば理性でこれに相対するにあたって、本書を読んでしまった者はどうあることが望ましいか」みたいな話を書こうとしたのに、かんべむさし氏の物語力の強さにまったく抗することができず、「文明のゴールは諦念でしかないですね」的な話しか書けずに文字数が限界なトコまで来てしまった。私は本書に敗北した。まったく申し訳ない。

ということで次回新版で出るときには、ぜひ、もっと強力な解説者にこの項を執筆していただくよう担当者に強くお願いしたい。本書はそういうタイプの逸品なのだ。

二〇二一年九月

本書は1985年7月に刊行された徳間文庫の新装版です。
なお本作品はフィクションであり実在の個人・団体などとは一切関係がありません。

徳間文庫

公共考査機構（こうきょうこうさきこう）

〈新装版〉

2021年10月15日 初刷

著者 かんべむさし
発行者 小宮英行
発行所 株式会社徳間書店
目黒セントラルスクエア
東京都品川区上大崎三−一−一 〒141−8202
電話 編集〇三（五四〇三）四三四九
販売〇四九（二九三）五五二一
振替 〇〇一四〇−〇−四四三九二
印刷
製本 大日本印刷株式会社

ISBN978-4-19-894680-7 （乱丁、落丁本はお取りかえいたします）